王稼句 著

怀土小集

上海辞书出版社

图书在版编目(CIP)数据

怀土小集 / 王稼句著. —上海：上海辞书出版社，2016.8

(开卷书坊. 第五辑)

ISBN 978-7-5326-4710-1

Ⅰ. ①怀… Ⅱ. ①王… Ⅲ. ①随笔—作品集—中国—当代 Ⅳ. ①I267.1

中国版本图书馆 CIP 数据核字(2016)第 165587 号

怀土小集

王稼句 著

丛书策划/蔡玉洗 董宁文 责任编辑/吴艳萍

美术编辑/姜 明 技术编辑/顾 晴

上海世纪出版股份有限公司

辞书出版社出版

200040 上海市陕西北路 457 号 www.cishu.com.cn

上海世纪出版股份有限公司发行中心发行

200001 上海市福建中路 193 号 www.ewen.co

苏州越洋印刷有限公司印刷

开本 787 毫米×1092 毫米 1/32 印张 7.5 插页 4 字数 123 000

2016 年 8 月第 1 版 2016 年 8 月第 1 次印刷

ISBN 978-7-5326-4710-1/I·321

定价：38.00 元

题记

怀土者，安于所处之地也。《论语·里仁》记孔子说："君子怀德，小人怀土。"何晏《集解》引孔安国注"怀土"曰："重迁也。"朱熹《集注》则说："怀土，谓溺其所处之安。"章炳麟《訄书·序种姓下》也说："万物莫不知怀土，而乐归其本。"

孔子说的"小人"，乃泛指寻常百姓，他们大都留恋乡土，不大愿意去别的地方定居。刘宝楠《论语正义》解释说："小人惟身家之是图，饥寒之是恤，故无恒产，因无恒心，所思念在土也。"又说："先王制民之产，八家同井，死徙无出乡，必使仰足事父母，俯足畜妻子，然后驱而之善，所谓能知小人之依矣。"西汉永光四年，有司奏请徙郡国百姓以奉陵园，元帝不同意，下诏曰："安土重迁，黎民之性；骨肉相附，人情所愿也。"其实，宗族流迁，古已有之，或百世不迁，或五世则迁，凡所迁移，又聚族而居，族必有祠，宗必有谱，即使一家之中，累世同爨，所在多有，客地又成故乡，同样还是"怀土"。晚近以来，更有不少人，因求学、谋生、经商、做官，离乡背井，甚至远涉重洋，一去不复返，在那里生儿育女，安居乐业，"怀土"之情，亦并不少减。

我生于苏州，长于苏州，谋事于苏州，如今已年将六十了，可算是真正依恋故土的“小人”。《论语·为政》记孔子自谓“六十而耳顺”，或就能“闻其言而知其微旨”，或就能“声入心通，无所违逆，知之之至，不思而得”，这就是圣人之所以为圣人。像我这样的“小人”，乃碌碌庸流，寂天寞地，圣人的境界，那是想也不敢想的。然而到了这个年纪，旷然而释，怡然而顺，则庶几矣，这也是素无雄心壮志的结果。既然知道自己做不了什么，也就呆在这座古城里过过“小日脚”，虽然平平淡淡，似乎也很“写意”。这个“写意”是吴下方言，说不大清楚，大约就是舒坦、愉快、随意、省心的意思。我感到“写意”的事很多，比如早春探梅，深秋看枫，檐下听雨，楼台赏雪，去沧浪亭喝清茶，去黄天源吃点心，如果囊中有几文馀钱，就找几个熟人吃个小馆，况且还是别人会账的居多。最让我觉得“写意”的，那还是随意读点闲书，如今书印得多，买的送的借的，往往堆积如小丘，真有点来不及读，那就按着自己的喜好，翻翻这本，翻翻那本，这就来得“写意”了。另外，随意写点文章，也很“写意”，自己明白，我的文章只是让喜欢读的人去读，当然说的都是自己喜欢的话题，然而即使自己喜欢，也未必都去写，即使写了，也未必都能写好，那就可有可无了。

正因为“怀土”,我的读和写,不少与这个古城有关。过去印过几本小书,不外是小有读者谬相称许,也就强以灾梨,在我看来,自己的写,大半是为了消遣岁月,没有什么意思。然而“怀土”依然,文章也还在断断续续写着,正像湖上笠翁在《闲情偶寄·词曲部下》里说的那样,“下半犹未脱稿,上半业已灾梨”,这自然也是管不了的。今又新编一集,索性就题名“怀土”,也算是名副其实。

二〇一六年四月七日

目 录

吴宫寻梦

甪直旧称甫里，在苏州古城东南五十里，坐落于吴淞江之南，正当江流环抱处。郑文康《思诚斋记》说："苏城葑门东去一舍许，有沃壤焉，曰甫里，茂林阴翳，平畴环绕，清江浸其后，室庐数百家，烟火相接。虽古聚落，米粟布帛鱼虾蔬果之饶，过于山川野县，矧无官府轮蹄之轇轕，心目爽豁，民不作伪。自唐天随子肥遁其地，甫里之名，遂闻于天下，不求闻达者，亦多隐其间。"时至如今，那里的风物景象依稀还在，就以水乡古镇作号召，即使不是春秋佳日，也游人如织。

然而在两千五百多年前的春秋后期，那里的水土和聚落情况如何，如今已很难去推想，只知道吴王阖闾、夫差曾在那里建造离宫别苑。

阖闾使专诸刺杀吴王僚，篡夺王位，既勤政，又节俭，在诸侯中是有名的。《左传·哀公元年》记子西说："昔阖庐食不二味，居不重席，室不崇坛，器不彤镂，宫室不观，舟车不饰，衣服财用，择不取费。"然而至其晚年，作风一变，《吴越春秋·阖闾内传》

说，阖闾让太子夫差屯兵守楚，“自治宫室，立射台于安里，华池在平昌，南城宫在长乐。阖闾出入游卧，秋冬治于城中，春夏治于城外。治姑苏之台，旦食鲴山，昼游苏台，射于鸥陂，驰于游台，兴乐石城，走犬长洲”。任昉《述异记》卷下说：“木兰川在浔阳江中，多木兰树。昔吴王阖闾植木兰于此，用构宫殿也。”槜李之战，阖闾阵亡，夫差继位，《左传·哀公元年》记子西说：“今闻夫差次有台榭陂池焉，宿有妃嫱嫔御焉。一日之行，所欲必成，玩好必从。珍异是聚，观乐是务，视民如雠，而用之日新。”《国语·楚语下》记蓝尹亹对子西说：“今吾闻夫差好罢民力以成私好，纵过而翳谏，一夕之宿，台榭陂池必成，六蓄玩好必从，夫差先自败也已，焉能败人。”当夫差败越夫椒后，勾践偕大夫范蠡来吴为质臣三年，夫差释怀放归。勾践回国后，一方面发展生产，另一方面阴谋亡吴，《越绝书·内经九术》甚至具体为文种的亡吴九术，其中之一就是“遗之巧匠，使起宫室高台，尽其财，疲其力”。故在阖闾、夫差时代，建造了姑苏台、馆娃宫、南宫、宴宫、长洲苑、水精宫等宫室园囿，几乎都在太湖东岸的山水间。在吴淞江流域今甪直一带，则有阖闾浦、吴宫、梧桐园等，它们的规模如何，建筑构架又如何，文献记载甚略，不但无可考证，即使去作一番想象，也有点脱脱空空。

先说阖闾浦，在陈湖之东。浦者，既是水道，亦指河岸。彭方周《吴郡甫里志》卷十六道："阖闾浦，即阖闾离宫也，在甫里西南，一名合塘，为苏松水路之要津。"在我想来，当时战争频仍，阖闾在那里驻扎水军，他去巡行视察，也是必然的事，因此后人便称之为阖闾浦。由于地处江乡深处，前去访游的人不多，最早的诗咏，已在元末明初。倪瓒《归阖闾浦》云："极目烟江尽头，屈指摇城渡口。世人不理曲肱，自饷黄鸡白酒。"又《寄卢士行》云："阖闾浦口路依微，笠泽汀边白版扉。照夜风灯人独宿，打窗江雨鹤相依。畏途岂有新知乐，老境空思故里归。拟问桃花泛春水，船头浪暖鳜鱼肥。"虞堪《阖庐浦》亦云："阖庐浦口画船开，兴逐秋潮海上回。霜树露花红窈窕，梵宫仙观碧崔嵬。南飞越鸟双双过，北带吴山隐隐来。欲把一杯观浩荡，乘风樯舵苦相催。"沧桑变迁，历史无情，哪里还会有一点遗迹？

再说吴宫，当为夫差所建，自乡都制度建立后，那里便是吴宫乡所在。初唐时，卫万来游，吴宫早已灰飞烟灭，他就在相传故址的临水地方，想象吴宫的殿台钟鼓，想象吴宫的珠帘美人，作《吴宫怨》一首，咏道："君不见吴王宫阁临江起，不卷珠帘见江水。晓气晴来双阙间，潮声夜落千门里。勾践城中非旧春，姑苏台下起黄尘。只今惟有西江月，曾照吴王宫里人。"真是吊古情深，语极凄婉，末两句尤其神韵天然，为人称绝，后被李白偷去，写入《苏台览古》。晚唐汶阳人刘沧，曾漫游齐鲁、吴越、荆楚、巴蜀等地，也曾来到这里，有《吴宫怀古》云："吴苑荒凉故国名，吴山月上照江明。残春碧树自留影，半夜子规何处声。芦叶长侵洲渚暗，蘋花开尽水烟平。经过此地千年恨，荏苒东风露色清。"他还有一首《长洲怀古》，长洲即长洲苑，在太湖水东一带。至武则天万岁通天元年，析吴县东隅置长洲县，长洲县与长洲苑并无关系，两者相距至少七八十里。当时甫里隶属长洲县，一个远道而来的旅人，总以为长洲苑在长洲县范围内，便以此为题而作，诗云："野烧原空尽荻灰，吴王此地有楼台。千年事往人何在，半夜月明潮自来。白鸟影从江树没，清猿声入楚云哀。停车日晚荐蘋藻，风静寒塘花正开。"真含无限伤今吊古之意，眼望寒塘日晚，风犹昔日之风，花犹昔日之花，而楼台终归无有，惟有"野烧空原"而已。金圣叹对这首诗很推重，《贯华堂选批唐才子诗甲集七言律》卷七下评道："此落手七字最奇，意欲先写'空原'直空到尽情，便只荒荒一点芦荻亦不留存，都付野烧尽烧作灰。夫而后翻手掉笔，焕然点出'吴王'、'楼台'四字，使人读之，别自心眼闪烁，不复作通套沧桑语过目也。"

晚唐陆龟蒙，在甫里钓游终隐，自然关心吴宫的事，策杖漫步于田塍，架艇泛游于河岸，翻读典籍，问询长老，终一无所获，于是作《问吴宫辞》，小序说："甫里之乡曰吴宫，在长洲苑东南五十里，非夫差所幸之别馆耶？披图籍不见其说，询故老不得其地。其名存，其迹灭，怅然兴怀古之思。"尽管陆龟蒙没有找到吴宫的遗迹，但还是写了一首《吴宫怀古》，诗云："香径长洲尽棘从，奢云艳雨只悲风。吴王事事须亡国，未必西施胜六宫。"

至于梧桐园，任昉《述异记》卷下说："梧桐园在吴宫，本吴王夫差旧园也，一名鸣琴川。"范成大将它记入《吴郡志》时，漏了一个"鸣"字，成了"琴川"，于是就有人认为梧桐园在常熟。

在我想来，如果说梧桐园在甫里，本来只是吴宫的一部分，因古乐府有云："梧宫秋，吴王愁。"也就进入情景交融的境界，文化内涵便大大增加了，使它从吴宫概念中分离出来，成为一处独立的古迹。

梧桐园是有点故事的，据《吴越春秋·夫差内传》记载，夫差将兴九郡之兵进伐齐国，一日，至姑苏台，白日假寝，做了一个梦，醒来很有点惆怅，便对太宰伯嚭说："寡人昼卧有梦，觉后恬然怅焉，请占之，得无所忧哉？梦入章明宫，见两鑩蒸而不炊，两黑犬嗥以南嗥以北，两鋘殖吾宫墙，流水汤汤，越吾宫堂，后房鼓震箧箧有锻工，前园横生梧桐。子为寡人占之。"伯嚭回答："美哉！王之兴师伐齐也。臣闻章者，德锵锵也。明者，破敌声闻，功朗明也。两鑩蒸而不炊者，大王圣德，气有馀也。两黑犬嗥以南嗥以北者，四夷已服，朝诸侯也。两鋘殖宫墙者，农夫就成，田夫耕也。汤汤越宫堂者，邻国贡献，财有馀也。后房箧箧鼓震有锻工者，宫女悦乐，琴瑟和也。前园横生梧桐者，乐府鼓声也。"夫差听了很开心，但心里还有点不踏实，便召王孙骆来问，王孙骆不肯答，推荐公孙圣。公孙圣对夫差说："臣不言，身名全。言之，必死百段于王前，然忠臣不顾其躯。"便以实言相告："臣闻章者，战不胜，败走偉偟也。明者，去昭昭，就冥冥也。入门见鑩蒸而不炊者，大王不得火食也。两黑犬嗥以南嗥以北者，黑者，阴也，北者，匿也。两鋘殖宫墙者，越军入吴国，伐宗庙，掘社稷也。流水汤汤越宫堂者，宫空虚也。后房鼓震箧箧者，坐太息也。前园横生梧桐者，梧桐心空，不为用器，但为盲僮，与死人俱葬也。愿大王按兵修德，无伐于齐，则可销也。"夫差听了果然大怒，将公孙圣缚解蒸山野地，让豺狼噬食，还愤恨地说："豺狼食汝肉，野火烧汝骨，东风数至，飞扬汝骸，骨肉糜烂，何能为声响哉。"

"前园横生梧桐"，乃夫差梦里所见，可见梧桐园是吴宫的前园，既有前园，自然有后园。据《吴越春秋 · 夫差内传》记载，夫差十四年，即公元前四八二年，太子友见伍子胥忠而被杀，伯嚭佞而专政，便想劝谏父王。一天，太子友“清旦怀丸持弹，从后园出而来，衣袷履濡”，夫差很奇怪，问他为何浑身都湿透了，太子友回答：“适游后园，闻秋蜩之声，往而观之。夫秋蝉登高树，饮清露，随风㧑挠，长吟悲鸣，自以为安，不知螳螂超枝缘条，曳腰耸距而稷其形。夫螳螂翕心而进，志在有利，不知黄雀盈绿林，徘徊枝阴，踙蹴微进，欲啄螳螂。夫黄雀但知伺螳螂之有味，不知臣挟弹危掷，蹭蹬飞丸而集其背。今臣但虚心志在黄雀，不知空埳其旁，闇忽埳中，陷于深井。臣故袷体濡履，几为大王取笑。”太子友说的，也就是“螳螂捕蝉，黄雀在后”的故事，那是妇孺皆知的。从这故事里，可知道吴宫的后园里，高树参天，绿荫匝地，这为早期园林史研究提供了史料。

前人咏梧桐园，很有一些佳构，如王宾《梧桐园》云：“七月交秋未变秋，轻轻一叶下枝头。君王不在当时悟，直到凋残后始愁。”杨基《梧宫夜》云：“桐阶白露下，湿萤光炯炯。铜盘烧蜡黄，秋衾梦魂冷。粉泪铅华滴，云鬓秋蝉整。何处玉銮声，芙蓉叹孤影。”高启则仿古乐府，作《梧桐园》云：“桐花香，桐叶冷。生宫园，覆宫井。雨滴夜，风惊秋。凤不来，君王愁。”相传梧桐园中还有一口古井，佚名《甫里志·古迹》记道：“琵琶泉，在吴王梧桐园内。”并引闺秀郑允端《题吴宫古井》诗云：“吴王废苑千载馀，尚有寒泉一掬清。巧匠凿成推引手，断弦牵出辘辘鸣。涓涓多似江州泪，轧轧疑如出塞声。一曲难湔亡国恨，空留古井不胜情。”这应该是后世好事者的附会，苏州不少地方，都有吴王和西施留下的遗迹，琵琶泉也不止一处，据范成大《吴郡志》卷六记载，郡治通判厅，“西有琵琶泉，小丘嵌岩，曰西施洞，皆传为往迹，泉清冽，可酿酒”，那是当不了真的。

相传梧桐园坐落在甫里塘北的枫庄，清人许名崙有《梧桐园吊古并序》，诗序说：“甫里枫庄吴宫乡者，实吴王夫差梧桐园故迹也。余尝慨然曰，兹固旧游地耶，何寂寞若斯也，亦能如苎萝村畔尚有石上青苔，堪令凭吊客低徊否。时值九月，偶过其地，第见白云遍野，黄草盈地，牧笛数声，农歌四起。欲问红粉馀芬，绮罗剩香，不可复识矣。嗟嗟！物换星移，风流云散。亭台丽景，只绕寒烟；粉黛美人，遂成黄土。昔年歌舞，今日黍禾，世遐人遥，引为陈迹。凄其冷落，鲜有过而问焉，并不若馆娃诸迹，暮鼓晨钟，落花流水，虽梳妆弗再，响屧无声，然犹赫赫在人耳目，咸指之曰，此梳妆亭也，此响屧廊也。睹香径之红兰，盼荒台之绿柳，未免有情，无不为欷歔凭吊而感叹悲歌者。此则沦落荒郊，野老田夫，往来踯躅，安得常邀骚人顾盼乎。”这里固然也是古吴遗迹所在，却遭遇冷落，甚至渐渐被人淡忘，自然也是有原因的。

战争就像是个噩梦，当硝烟散尽，金戈铁马远远而去，这里成了一片废墟，残壁断垣，野草夕阳，只听得秃鹫那凄厉的叫声。

过了许多年，在吴王宫苑的废墟上逐渐有了人家，由于这里是水道汇聚之处，人们从四面八方而来，人家越来越多，当这个聚落铺展到几里方圆时，就被称为甫里。

二〇〇九年二月七日

姑苏台考

姑苏台，一作姑胥台，历史上实在太有名了，它不但是春秋吴国具有象征意义的建筑群，而且也是苏州这个地名的由来，隋开皇九年废吴郡，改吴州为苏州，这个“苏”字，即取诸此也。

姑苏台起造于何时，按目前掌握的文献，乃吴王阖闾所建，夫差进而增崇廓大。也有说是吴王齐玄时建，李日华《六研斋笔记》卷四说：“吴王壁羽，训其子齐玄云：‘尔维保太王之统绪，无底失坠，余于地下怀尔勋，从兹以往，尔姑苏我民乎？’于是起姑苏之台以志之，非始筑于夫差也。”齐玄不见《史记·吴太伯世家》所记世系，《吴地记》所记世系有之，与阖闾相差十代，齐玄建姑苏台之说，自然是齐东野语。

姑苏台由阖闾经始，《越绝书·外传记吴地传》说：“胥门外有九曲路，阖庐造，以游姑胥之台，以望太湖，中窥百姓。”范成大《吴郡志》卷八引《吴地记》：“吴王阖庐十一年起台于姑苏山，因山为名，西南去国三十五里。夫差复高而饰之。越伐吴，遂见焚。”又云：“阖庐十年筑，经五年始成，高三百丈，望见三百里，造曲路以登临。”可见姑苏台起建于公元前五〇五年或公元前五〇四年。

夫差即位后，夫椒一战，大败越国，勾践便开始阴谋沼吴，《越绝书·内经九术》记载了文种提出的亡吴九术：“一曰尊天地，事鬼神；二曰重财币，以遗其君；三曰贵籴粟槀，以空其邦；四曰遗之好美，以为劳其志；五曰遗之巧匠，使起宫室高台，尽其财，疲其力；六曰遗其谀臣，使之易伐；七曰彊其谏臣，使之自杀；八曰邦家富而备器；九曰坚厉甲兵，以承其弊。”勾践称善，“于是作为策楯，婴以白璧，镂以黄金，类龙蛇而行者，乃使大夫种献之于吴”。夫差大喜，“遂受之而起姑胥台，三年聚财，五年乃成，高见二百里，行路之人，道死尸哭”。此事在《吴越春秋·勾践阴谋外传》中亦有记载，文种说：“吴王好起宫室，用工不辍。王选名山神材，奉而献之。”于是勾践使三千人入山伐木，“一夜，天生神木一双，大二十围，长五十寻，阳为文梓，阴为楩柟。巧工施校，制以规绳，雕治圆转，刻削磨砻，分以丹青，错画文章，婴以白璧，镂以黄金，状类龙蛇，文彩生光”。夫差不听伍子胥劝谏，受而起建姑苏台。当时越国运来的木材，绝不仅止一双神木，建筑工地附近的河道里都堆满了，木渎之名，即由此而来。《国语·吴语》也记伍子胥谏曰：“今王既变鲧、禹之功，而高高下下，以罢民于姑苏。"韦昭注："高高，起台榭；下下，深污池。"从上述记载来看，夫差对姑苏台曾大加改建，甚至有重新建造的可能。

夫差十四年，即公元前四二八年，越伐吴，《国语·吴语》记越人"入其郛，焚其姑苏，徙其大舟"。姑苏台是否真的被焚毁，还是有点疑问的，《史记·越王勾践世家》说："吴师败，越遂复栖吴王于姑苏之山。"《国语·越语下》说："吴师自溃，吴王帅其贤良，与其重禄，以上姑苏。"又说："范蠡不报于王，击鼓兴师以随使者，至于姑苏之宫，不伤越民，遂灭吴。"《越绝书·外传记地传》则记越灭吴后，"徙治姑胥台"。可见越人入吴，即使纵火焚掠，姑苏台并未毁去。直至秦汉时尚存，《越绝书·外传记地传》记秦始皇"因奏吴，上姑苏台"。《史记·河渠书》太史公自述："上姑苏，望五湖。"以后情状，则不得而知了。至唐人来游，则荒芜已久了，如刘禹锡《姑苏台》云："故国荒台在，前临震泽波。绮罗随世尽，麋鹿古时多。筑用金锤力，摧因石鼠窠。昔年雕辇路，惟有采樵歌。"

关于姑苏台的记载，两汉时都比较简略，六朝以后就不断丰富起来。就小说故事来说，如任昉《述异记》卷下就说："吴王夫差筑姑苏之台，三年乃成，周旋诘屈，横亘五里，崇饰土木，殚耗人力。宫妓数千人，上别立春宵宫，为长夜之饮，造千石酒锺。

夫差作天池，池中造青龙舟，舟中盛陈妓乐，日与西施为水嬉。吴王于宫中作海灵馆、馆娃阁，铜沟玉槛，宫之楹槛，皆珠玉饰之。”至于咏唱则更多了，以赋体为例，唐任公叔《登姑苏台赋》咏道：“是以疆场日骇，板筑未弭，方五载而厥成，造中天而特起。因累土以台高，宛岳立而山峙，或比象于巫庐之峰，或倒影于沧浪之水。悉人之力，以为美观；厚人之泽，以为侈靡。斯实累卵于九层，夫何见乎三百里。”宋崔鶠《姑苏台赋》咏道：“神材异木，饰巧穷奇，黄金之楹，白璧之楣，龙蛇刻画，灿灿生辉。”元杨维桢《姑苏台赋》则咏道：“远而望之，则上摩苍穹，下压后土，日月蔽亏，山川掩翳，碍晴云以不飞，却坌埃于无际；近而视之，则崇基盘薄，壁立赑屃，白垩涂附，玫瑰杂致，缭周垣以萦回，几历阶而后能至也。于是朱甍宿雾，画栋栖烟，金环铸兽，翠瓦藏鸳，危阑屈曲以依倚，回窗玲珑以骈联。”赋体本来应是“敷陈其事而直言之”，但姑苏台是消逝已久的风景，宛在虚无缥缈之中，既没有史实依据，也几乎没有什么故事，只能去凭空想象，以音律谐协、对偶精切为工，否则是难成篇章的。

姑苏台究竟坐落何处，前人的探索兴趣甚浓，各自据理力争，至少有三说，一说在姑苏山，一说在茶磨屿，一说在胥山。

姑苏山在尧峰、紫石山之北，为横山北出最西之峰。朱长文

《吴郡图经续记》卷中说:“姑苏山,在吴县西三十五里,连横山之北,或曰姑胥,或曰姑馀,其实一也。传言阖闾作姑苏台,一曰夫差也。”《吴郡志》卷十五说:“姑苏山,一名姑胥,一名姑馀,连横山之北,古台在其上。”后人亦称胥台山,或称和合山,“和合”乃“吴王”之音讹也。需要说明的是,姑苏山之得名,乃是因有姑苏台的缘故,并非台建于姑苏山而名姑苏台。

茶磨屿在横山东北,又称茶磨山。莫震纂、莫旦增修的《石湖志》卷二说:“姑苏台,在横山东麓,下临石湖,即今茶磨山是其遗址,与拜郊台前后相望,故云两台,上皆平夷,俨然台殿之迹。或谓在姑胥山者,恐非。其说有五,《文献通考》云,石湖在太湖之滨,姑苏台下。此一说也。周益公《南归录》云,初吴王筑姑苏前后两台,相距半里,俗云拜郊台,为城三重,遗基俨然,夫差与西施游乐之处,前有越来溪。此二说也。《图经》云,姑胥山连横山之北,古台在其上。此三说也。宋施清臣撰《吴井洌泉亭记》云,横山治平梵刹之旁,两台对峙。又云,山不可移,则两台未泐;地不可改,则一井未湮。此四说也。宋崔鹍《姑苏台赋》云,横山之下有台岿然,越来溪、越王城皆在台之左右。此五说也。范石湖云,淳熙十六年与客登姑苏台,山顶正平,有坳堂藓石可列坐,相传为吴故宫。所谓山顶正平,石可列坐,正指茶磨山而言。”

以上两说，实质一也。《木渎小志》卷一说：“姑苏台所在，人言人殊，惟宋崔鶠《姑苏台赋》云：‘其东吴城，射台巍巍；其西胥山，九曲之逵。’盖是台本在横山绝顶，于左右望适中，由此西下姑胥，东下楞伽，诸峰峦皆得以姑苏统之。但旧道从西上（自夫差庙登山），宋以后游人多自东来（自百花洲登山），微有不同耳。”且看前人的四段记载，一、范成大《重九泛石湖记》：“携壶度石梁，登姑苏后台，跻攀勇往，谢去巾舆筇杖，石稜草滑，皆若飞步。山顶正平，有坳堂藓石，可列坐，相传为吴故宫闲台别馆所在。”二、汪琬《游姑苏台记》：“台阯颇平衍，有方石中穿，俗谓吴王用以竿旌者，其旁石壁直下数十尺，矮松寿藤相盘络，类一二百年物。壁上流泉数处，汇为池，其泉清泓可鉴，池畔皆石坡，土人呼为小赤壁，大率泉石拟虎丘而幽僻胜之。”三、宋荦《游姑苏台记》：“由别港过两小桥，遂抵台下。山高尚不及虎丘，望之仅一荒阜耳。舍舟乘竹舆，缘山麓而东，稍见村落，竹树森蔚，稻畦相错如绣。山腰小赤壁，水石颇幽，仿佛虎丘剑池，夹道稚松丛棘，檐葡点缀其间，如残雪，香气扑鼻。时正午，赤日炎歊，从者皆喘汗，予兴愈豪，褰衣贾勇，如猿猱腾踏而上。陟其巅，黄沙平衍，南北十馀丈，阔数丈，相传即胥台故址也，颇讶不逮所闻。”

四、李根源《吴郡西山访古记》卷一:“土人云,去此二里许和合山半,有姑苏台。至则巨石峭拔,有石池、石壁,皆人工造作,非天然物,台四周隐隐有旧建筑遗迹。”可见只是上山寻访的路径不同,看到的遗址则大致在一个地方。

还有一说,姑苏台在胥山。胥山在太湖胥口上,亦名姑苏山,《吴郡图经续记》卷中说:“或曰姑苏山一名胥山。”《水经注·沔水》称胥山“下有九折路,南出太湖,阖闾造,以游姑胥之台,以望太湖也”。金友理《太湖备考》卷二也说:“由诸书观之,曰‘望太湖’,曰‘高见三百里’,曰‘在县西三十五里’,皆与胥山合,姑苏台当在此山。又《渎上编》载顾龙光《皋峰纪略》云:‘峰之尾直抵胥口。’吴王游姑苏之台,正此山也。尧峰麓小紫石山亦名姑苏台,然云高见三百里,则必以皋峰为正。按胥山连皋峰,筑台亦必相属。《洞冥记》所云‘横亘五里’也,紫石山无此广袤。”皋峰在胥山东南,实相连也。据《木渎小志》卷一记载,民国时山顶尚存“石筑吴王殿基”。再说,胥山下即太湖,《国语·吴语》记越人“焚其姑苏,徙其大舟”,大舟当在太湖中,徙大舟与焚姑苏连文,台当近太湖。故韦昭注曰:“姑苏,台名,在吴西,近湖。”顾颉刚《苏州史志笔记补遗》也认为姑苏台应该在胥山一带。

台是春秋战国时期常见的建筑形式,各诸侯国都有建造,如秦有章台、凤台，齐有瑶台、瑯琊台、祭台，楚有章华台、云梦台，越有灵台，赵有洪波台、野望台，魏有兰台、文台，燕有黄金台、五花台，韩有望气台等。就台的建筑形式来说，高耸而平整，《尔雅·释宫》称"四方而高曰台"；"阇谓之台"。郭璞注："积土四方。"《释名·释宫室》说："台，持也，筑土坚高，能自胜持也。"起初的台，都为一般建筑台基，夯土筑成，高度也受限制。随着建筑技术的进步，它成为一种高大而独立的建筑，一般呈四方形，上建屋宇，周壁列阶折上。台的形制，今尚可从汉画像砖石上看到。台的作用是多方面的，《三辅黄图》卷五引郑玄注："天子有灵台者，所以观祲象、察氛祥也。"当然也可以察敌情、赏风景。就当时的建筑意识来说，观阴阳天文之变，应该是它最重要的用途。

春秋战国各诸侯国的所谓台，都不是指单独的高台，往往作为苑囿的一个重要组成部分，因为它高耸于其他建筑、景观之上，就具有标志性，这一苑囿就以台来命名，典型的例子就是楚国的章华台。章华台为楚灵王行宫，建成于楚灵王六年，比姑苏台早二三十年，今湖北潜江龙湾镇为其中心地带。据考古发现，行宫总面积约一百万平方米，有十三个台基，章华台是其中最壮丽雄伟的建筑。郦道元《水经注·沔水》说："湖侧有章华台，台高十丈，基广十五丈。左丘明曰，楚筑台于章华之上。韦昭以为章华亦地名也。王与伍举登之，举曰，台高不过望国之氛祥，大不过容宴之俎豆。盖讥其奢而谏其失也。”因其高十丈，上台顶需要休息三次，故又俗称“三休台”。今龙湾遗址内，尚有放鹰台、荷花池、娘娘坟等地名。

姑苏台的情形也是如此，其规模虽不及章华台，但它的范围绝不止在一座山上。整个姑苏台，由宫殿、楼阁、池沼等组成，如任昉《述异记》所举的春宵宫、天池、海灵馆、馆娃阁等，都是应该有的，是否有这样的名字，则是另一回事。这些建筑和景观散布在连绵着的几座山，上上下下，参差错落，它的外围有山峦、森林、河流，甚至以太湖为障距，形成一个相对封闭的宫苑禁区。

姑苏台在中国园林史上具有重要意义，正如童寯在《江南园林志・沿革》里说的那样，“楚灵王之章华台，吴王夫差之姑苏台，假文王灵台之名，开后世苑囿之渐”。由于年代久远，文献阙失，对姑苏台的研究，确实很不容易进行，但至今尚未正式做过田野考古，历代的记载也未好好梳理，还有着可供探索的空间，有兴趣的学者，可以去作更深入的追寻。

二〇〇九年二月十一日

远上寒山

在天平山北麓，支硎山之西，华山之东，有一小山，石壁峭立，涧水萦洄，山径盘纡，风景清幽，然自古无名。明万历二十二年，赵宧光为父卜地，选择了这个地方，并开始营建墓庐，凿池开径，疏泉架壑，遂成小小名胜之区。赵宧光将这座小山起名寒山，他在《寒山志》里说："旧为老儒生所据，儒生得之庶姓，庶姓得之寒山僧寮。山本无名，郡志'涅槃岭在其左'，又见寒山诗，有'时陟涅槃山'句，而寒泉则支郎品题，名亦清远，因命之曰寒山焉。"

赵宧光字水成，一字凡夫，世居太仓璜泾，随父移家郡城，遂占籍吴县。因家境富裕，入赀为国子监生，豪华自喜，中岁折节读书，专攻字学，终身未仕。天启五年卒，年六十七。冯时可有《赵凡夫先生传》，其子赵均有《先考凡夫府君行实》。他确是勤于著述的，有《说文长笺》、《六书长笺》、《寒山志》、《印书》、《皇明印史》、《寒山帚谈》、《篆学指南》、《护生编》、《牒草》、《寒山蔓草》、《赵凡夫杂著五种》等，都至今尚存。他还与黄习远等重编洪迈《万首唐人绝句》，汇订《朝鲜史略》。

赵宧光的学问，究竟做得如何，《说文长笺》是他的代表作，顾炎武《日知录》卷二十一说：“万历末，吴中赵凡夫宧光作《说文长笺》，将自古相传之五经肆意刊改，好行小慧，以求异于先儒。乃以‘青青子衿’为淫奔之诗，而谓‘衿’即‘衾’字。如此类者非一。其实《四书》尚未能成诵，而引《论语》‘虎兕出于柙’，误作《孟子》‘虎豹出亏山’。然其于六书之指不无管窥，而适当喜新尚异之时，此书乃盛行于世。及今不辩，恐他日习非胜是，为后学之害不浅矣。”顾炎武列举了其中特别荒谬的十馀条，有的属于常识，竟然也错了，如“顾野王，陈人也，而以为晋之虎头。陆龟蒙，唐人也，而以为宋之象山。王筠，梁人也，而以为晋。王禹偁，宋人也，而以为南朝。此真所谓不学墙面者与”。除顾炎武外，方以智《通雅》、陈启源《毛诗稽古编》、吴玉搢《别雅》、蒋骥《楚辞说韵》等，也指出了赵宧光的诸多笑话，故朱彝尊就说：“自解人观之，未有不齿冷也。”（《续文献通考》卷一百六十引）赵宧光于六书之学，强作解事，固然为论者所非，但其于篆隶笔法之研究，尚有可取之处。

赵宧光夫人陆卿子，名服常，字卿子，以字行。钱谦益《列朝诗集小传》闰集说：“凡夫寡学而好著述，师心杜撰，不经师匠。

卿子学殖优于凡夫远甚，少刻《云卧阁集》，沿袭襞绩，未能陶冶性情。晚年名重，应酬牵率，凡与闺秀赠答，不问妍丑，必以胡天胡帝为词，不免刻画无盐之诮。”她工法书，精绘事，然不轻易落笔，尤擅长辞章，赋诔之作，步趋六朝，典雅可诵。陆卿子与徐媛唱和，并称吴门二大家。张大复将两位闺秀作了比较，《梅花草堂笔记》卷十三说：“徐小淑诗，高自标位，虽复婉丽，床头不乏捉刀人，故是凛凛。陆卿子幽清古淡，如谢道韫谈玄，融米成汁，遐周所谓匪簪珥之琼枝，故艺坛之火枣，良非虚语。”陆卿子著有《云卧阁稿》、《寒岩剩草》、《考槃集》、《玄芝集》，前两种已散佚不存了。

寒山两位主人的父亲，也要介绍一下。

赵宧光父赵枢生，字彦材，别号含玄子，太仓人，祖籍徽州，后迁居郡城。他主学六经，旁及子史，不理家政，常远游探古。万历二十一年卒，葬寒山之阳。枢生著有《含玄斋遗编》、《含玄斋别编》、《含玄子》等，《四库全书总目》卷一百三十八著录《含玄斋别编》：“据其子宧光后跋，枢生所著诸书，皆无锡顾冶排纂成帙。”顾冶或即书之捉刀者。《别编》乃纂辑故事，但“故事无始末，亦不详其出典，后人强为编次，遂饾饤割裂，不堪卒读。其最无义理者，莫若‘同仇考’一门。如云，宋真宗时，契丹耶律休哥死，其年枢密使兼侍中曹彬亦卒。又云，帝昺时，陆秀夫、张世杰负帝死于海，其年元西僧八思巴亦死。诸如此类，竟不解其何意也”。惟其《含玄子》所谈习静养生、修仙修佛之类，尚存己见。

陆卿子父陆师道，字子传，自号五湖道人，长洲人。嘉靖十七年进士，授工部主事，改礼部仪制司。以养母告归，年未满三十，游文徵明之门，北面称弟子。家居二十四年，乃复起，累官尚宝少卿。《明史》本传说他“善诗文，工小楷、古篆、绘事，人谓徵明四绝，不减赵孟頫，而师道并传之，其风尚亦略相似。平居不妄交游，长吏罕识其面。女字卿子，适赵宧光，夫妇皆有闻于时”。著有《陆尚宝遗文》、《五湖集》等。万历二年卒，年六十四。赵用贤有《尚宝司少卿陆先生师道行状》，王世贞有《陆子传先生传》。

两位主人的后人，似乎更值得介绍了。

赵宧光与陆卿子的儿子赵均，字灵均，自号墨丘生。钱谦益《赵灵均墓志铭》说：“灵均从其父传六书之学，又从燕山僧见林受大梵字，并诸国字母变体形声谱韵之奥，指画形声，分署部居，移日分夜，父子自相讲习。”夫妻唱和，日晏忘食。“出而与宾客搜金石，论篆籀，问奇字，访逸典，长日永夕，无所俚赖。”崇祯十三年卒,年五十岁。所著有《金石林时地考》二卷,《四库全书总目》卷八十六著录:“是编取《东观馀论》、《宣和书谱》、《金石略》、《墨池编》、《集古录》、《隶释》、《金石总要》、《菉竹堂碑目》,王世贞《金石跋》,以及各家书目所载,与近代续出耳目所及者,仿陈思《宝刻丛编》之例,编次郡省,分别时代,以便访求。其中如南直隶唐碑,失载岑君德政碑等五种,颇有疏漏,福建玉枕兰亭作褚遂良书之类,亦不免失于考核,然亦有足订他书之讹者。明代去今未远,较陈思所记,固多可依据也。”

赵均夫人文俶,字端容,款署寒山兰闺画史,乃文从简女,文元善孙女,文嘉曾孙女,文徵明玄孙女。秉性明慧,妙于丹青,传得家法,点染写生,自出新意,画史以为本朝独绝。钱谦益《赵灵均墓志铭》说:“端容性明慧,所见幽花异卉,小虫怪蝶,信笔渲染,皆能橅写性情,鲜妍生动,图得千种,名曰《寒山草木昆虫状》,摹内府《本草》千种,千日而就。又以其暇画《湘君捣素》、《惜花美人》图,远近购者填塞。贵姬季女,争来师事,相传笔法。灵均入而玩其妻,施丹调粉,写生落墨,画成,手为题署,以别真赝。”如周淑禧、周淑祜、高静玉等都从其学。可惜佳人命薄,崇祯七年病卒,年仅四十一。她在当时画名甚隆,龚鼎孳《为梁苍岩题赵文俶花鸟册》说:“往与端容之尊甫彦可征君过从吴门,幅巾杖屦，潇洒尘外，仿佛衡山诸老风流也。端容胎胚家学，而复渐濡于凡夫、卿子之高韵，慧心灵腕，舍弃一切。晴窗渲染，丹墨互错，每一落笔，鲜妍妙丽者，纸欲生寒山片石，遂与滕王蛱蝶、荃熙花鸟并有千古，闺阁风雅不专让美吴兴矣。承平盛时，三吴士女，左芸笺而右铅粉，才藻相尚，有王谢家解围咏絮之风。今烽火楼船，并画阁香奁，强半昆明劫火，可为一叹息也。苍岩服古好奇，鉴别精审，藏此种于清闷之阁，殆亦瑶林之一枝矣。”姜绍书《无声诗史》卷五称其“适寒山赵灵均，伉俪偕隐，怡情林壑。赋性聪颖，写花卉，苞萼鲜泽，枝条荏苒，深得迎风挹露之态。溪花汀草，不可名状者，皆能缀其生趣。芳丛之侧，佐以文石，一种蒨华娟秀之韵，溢于毫素，虽徐熙野逸，不是过也。惜其中年羽化，吴中伪笔，传摹最多，远方之人，采声而已。其扇头绘事，必图两面，盖恐为人浪书，故不惮皴染焉”。她的真迹，至今尚存三十馀件，代表作有北京故宫博物院藏《罂粟湖石图》、《金色萱花图》、《萱石图》，台北故宫博物院藏《春蚕食叶图》，上海博物馆藏《梅花图》、《花蝶草虫图册》，辽宁省博物馆藏《花蝶图册》等。至于她的《寒山草木昆虫状》，今藏南京金陵图书馆；又有《金石昆虫草木状》，今藏台湾“国家图书馆”。

赵均与文俶有一女，名昭，字子惠，嫁平湖马班为妻，明亡，夫家破，乃遁入空门，法号德隐，结庵洞庭西山，故又号洞庭道人。她善诗画写生，尤工兰竹，不愧家学，著有《侣云居遗稿》。《槜李诗系》卷三十五记道："昭字子惠，吴郡寒山隐君女，祖母陆卿子，母文端容，俱擅词翰之席，子惠能嗣其美。适平湖文学马仲子班。性好烟霞，尝葛衫椎髻，自拟道民，仲子强之不克。会仲子父难破家，子惠遂入空门，更号德隐，结庵于洞庭西山中，香林匿影二十馀年，亦吴越间一奇女子也。"其画亦有传世，杭世骏《题赵昭双钩水仙》云："寒山落木涧泉分，小宛堂开辟蠹芸。留得外家残稿在，一丛寒碧写湘君。"又，厉鹗《题赵昭双钩水仙画扇》诗："名同班氏最清华，知道停云是外家。点染春心冰雪里，只消叶底两三花。"

寒山上这个家族，称得上一门风雅了。

寒山别业既有山林野趣，又多人工构筑。前为小宛堂，为藏书处，所置茗碗几榻，超然尘表。内院曰蝴蝶寝，寝前佛阁可藏三车经籍，曰悉昙章阁。山中又有千尺雪、云中庐、弹冠室、惊虹渡、紫蚬涧、绿云楼、飞鱼峡、驰烟峄、澄怀堂、清晖楼、青霞榭诸胜，以及盘陀、空空、化城、法螺诸庵。作为主人，赵氏夫妇于寒山自然颇多咏唱，陆卿子有《寒山闲居即事》六首，其中两首云："双扉昼尚扃，绿水绕沙汀。隔岸佳人语，缘溪小婢听。岩花争绮绣，堤柳学娉婷。日日歌尘起，中庭草半青。”“闭门聊自适，陋巷薜萝深。柳色啼春鸟，波光淡夕阴。落花闲覆地，空霭静依林。若问幽栖意，床头有素琴。”赵宧光《柴门》云：“编荆可当门，叠石能为墙。青山露墙上，野花墙下香。”又《小宛堂》云：“墓旁营斗室，岂为乐岩阿。客有来观者，相将助啸歌。”可见赵宧光的才情远不及陆卿子。

一来寒山主人名声藉甚，二来寒山风景闻名遐迩，前来访问游览的人很多，赵宧光《寒山志》说：“无间寒暑，来观者踵相及也，百五禁烟之候，蓝舆飞幰，弥山满谷，不减上河春望。”这虽然有点夸张，但时人有道是“城里歇家王百穀，山中驿史赵凡夫”，也是可见一斑的。

万历年间，仁和人胡胤嘉来游，他在《寒山记》里说：“赵凡夫庐墓，自观音山左折十馀里，折穷而累垣如峡，峡穷而酒帘招摇，其旁板扉双合，排扉而入，凡夫小宛堂也，梵书插架，棐几竹榻光洁可鉴。堂以内，树石如铁色，茑萝是依。顷之，凡夫方袍岸帻，出以肃客，轩轩如舞雀翔鹭，简迈世局，居然成一隐格也。小宛东砌下，辟门以往，则凡夫所凿沼，为台为榭，以翼墓者也。沼环山足，前亘以堤，杂树夹之，菱藻、莼荇、芙蕖间生，敷芬叠翠，沉浮池际。山足丽沼，唇吐齿啮，嵚岖互夺不一，其势迤逦北引，短虹碕焉，水激石咽，三堰而抵极于沼。青霞榭则凭沼筑基，周遭桐楸可得三十许株，清疏映人，到此未有不襟开神朗者。中出供具，俱灌畦之蔬，摘园之果，味在人外。主人不厌客，清言弱麈，楚楚不倦，自言此山素为榛丛灭没，寸石尺水，皆筋力琢而位置之者。山不知何名，字山以寒，而碑之志之，自凡夫始。吴阊之间，几与虎丘、天池驰声域外矣。所恨三百亩皆石骨凿成，无长松修竹可为栖荫，而凡夫衣着器物犹有吴下风气，称异荷条、荷蒉之隐耳。”

赵宧光之后，赵均继为寒山主人，徐崧曾往访游，《百城烟水》卷二说：“崇祯末，余偕弱翁、文将、掌文访灵均，留止数日，遂与灵均遍游，始晤苍、汰二公于华严讲期中，时子晋同麟士、退山诸公亦至。”可见当时文人仍将寒山作为一个高士栖隐的象征，纷纷往游，诗酒流连。徐崧《崇祯辛巳重过小宛堂有感》云：“小宛今重过，莺啼不可听。高人双木主，旧迹半山铭。东海遥能吊，湘川夜独醒。一悲萧索极，恍惚雨冥冥。”当时文从简，也时常住在寒山别业，徐崧《寒山访文彦可先生》云：“小宛堂前草色浓，萧萧杖履古人风。征君总在前朝事，只合埋名住此中。”

经历了明清易代的大动荡，赵氏一门的风流韵事，早已烟消云散，但前来游访的人还是很多。康熙五年早春，归庄来游，《观梅日记》说："复从隆池至法螺庵，径深曲，几盘旋而后入，庵之所由名也。庭梅数株，花未尽残。至化城庵，庵有绝壁深渊，名千尺雪，故处士赵凡夫所凿也。僧家以石壅涧，泉流甚细，黄有三为抉去石，遂成奔流，其声淙淙。前至寒山，则处士之居也，今改为报恩寺，佛阁犹其遗构，体制甚古。"归庄又有两诗咏之，《寒山》云："寒山吴地一名区，泉石亭台近代无。今日山僧喧梵呗，路人犹说赵凡夫。"又《千尺雪》云："高崖峭壁有馀清，涧水松风细细鸣。排石决流飞瀑泻，松声更不敌泉声。"

说来也有趣，清高宗弘历竟然特别喜欢寒山，六次南巡，六次驻跸，赐额赐联，有御制诗三十多首。《南巡盛典》卷八十五记道："寒山别墅在支硎山西，明赵宧光隐此，筑小宛堂以居，后为僧舍，庭前老梅相传宧光手植，芙蓉泉出其旁，西临清浅池，通千尺雪，名飞鱼峡，东南为空谷，奇石横亘，上跨小石如环，名驰烟驿，皆篆书刻石，宧光旧迹也。乾隆丁丑，御书额曰'寒山别墅'，曰'眺听清机'，又额曰'对瀑'，曰'空谷'，曰'琳琅丛'，曰'芙蓉泉'，又楼额曰'清晖'，曰'绿云'，又堂额曰'澄怀'，联曰：'石拥云根涵秀润，泉淙玉韵得清真。'又联曰：'修竹弄风金琐碎，飞泉激石玉琮琤。'又联曰：'随步山泉引清听，悦怀烟树入幽吟。'壬午，御书额曰‘驰烟驿’。庚子，御书联曰：‘暗琴淙乳窦，明镜漾云根。’又联曰：‘谁洗筝琶耳，独怡云水情。’千尺雪在寒山，石壁峭立，明赵宧光凿山引泉，缘石壁而下，飞瀑如雪，不减匡庐。山半有屋，曰云中庐，又有弹冠室、惊虹渡，皆宧光旧址。再上为法螺寺。乾隆辛未，御书额曰‘玉峡飞流’，又阁额曰‘听雪’，联曰：‘幽室数楹聊不俗，清机片晌恰宜闲。’法螺寺在寒山，山径盘纡，从修篁中百折而上，势如旋螺，故名。径旁涧水潆洄，石梁跨之，名津梁渡。寺中精舍数椽，四山拱翠，庭前树石，位置天成，翛然有出尘之致。乾隆辛未，御书额曰‘妙云顶相’，联曰：‘一径盘云瞻宝髻，万山飞翠拱螺峰。’”

乾隆四十七年早春，长洲人彭绩曾偕友人往游，他在《游西山记》中说：“登茅店饮茶，从野童买杖。入寒山行宫，有泉注石上，谓之寒泉，迳寒泉可五十许步，有池清满，长可百步，广可三十步，狭可十步，盘纡复直。吴子曰：‘盖赵凡夫因涧凿石汇为池也。’其上有竹林，数十万梃，大满三围，碧光演漾，森耸云表。迳竹林可三十步，有箬帽亭架盘石上，亭状笠，径丈，高有馀，因缨作柱。迳亭又二十许步，石壁上题刻‘千尺雪’，隶书，径尺。其下悬泉，是时旱，落叶烂红填涧底。缘旁度石桥，又有题刻‘惊鸿渡’，篆书，径可八寸，睿藻四散，刻石上有十馀首，与吴子遍读之。望云中庐，坐弹冠室，周复聆玩。”

还有一位娄县人王恪，也偕友至寒山一游，他的《游寒山记》状写了寒山别业已完全成为寺院后的情况，写得实在很详尽，可以借此作一番胜游：“游灵岩之夕，舟抵观音山之趾，旧名寒山也。晨起，偕同游者行半里许始至，有寺，不入，西折上，石势雄杰，狮蹲虎踞，铁黝铜烂，牙错股峙，杳无屐齿。各选石眠憩，仰企孱颜，幽会兴奔，山体迤逦，匪极峭峻。遂蹑沙以登，手攀足抵，孙绳、右玉直上，予更西折，盘纡于回峦复岭间，缭曲层深，富饱心目，于最西一峰冒险逾跻，二子自东来合，各喘喙夸所胜。顷之，双栗亦至，而怀一于眠石处止矣。俯视山半，有一寺隐露松杪。以上石势大抵与下类，加以松林飕瑟，隐秀岧亭，遂穷山之顶。太湖滟潋，屏山插之，破环成玦。东折下里许，抵山半寺之后，右循石垣下，绿竹万竿，朝烟交翠。至寺前，怀一坐以待，入寺，问往千尺雪之路。明处士赵凡夫隐居此山，今分为三寺，千尺雪其最胜处也。出寺，误取径于东，林壑亦幽邃，行百馀步始悟。与双栗、怀一南下，泉随屦曲折，以盥以漱。数百步有亭翼然，垣缭之，自此东折下，可达山趾之寺。久之，二子至，遂西折行里许，仰瞻岩壁，若坐若卧，欲偃欲堕，皆向所扪历处也。道有双壁插起，中劣容一人，曰石门，有放鹤亭，盖支公遗迹也。复数百步，为古报恩寺，赵氏曾夺而有之，故揭于额。有二梅极古，左者如蛟螭偃地，右有洞，历级下，得精舍，梅石皆古。复由洞上，后有宇，右倚岩半，架空成楼，竹桧苍郁。寺僧言赵之父葬于寺后，因导往，背岩东向，读其碑，乃征君徐含元墓也。逾冈西折，行数百步，岚晖映合，绿缛荟萃，泉声淙淙，峭壁左峙，孤亭右翼，则千尺雪也。西南砥石横广，散卧其上，枕高席平，岩立无寸土树根焉，茂荫倒垂。耳聆潺湲，目玩幽蔚，久之乃起。踞亭而视，两壁左耸右低，中成涧道，亭据于右，与左壁齐，其泉发自山椒，汇池灌畦，机引于壁，循巅下注，枯枿交梗，旋沫郁沸，苔藓蒙茸，散烟含雾。登壁视状，有板递遏以养其流，稍援起之，则声势渐盛，飞清激素，越涧沾衣。时尚水涩，若山雨涨后，众脉交泻，宛同瀑布，实为奇胜。倚栏临坡，或据或卧，静听音响，泠泠清远。命僧设饭待。从亭南取径往法螺，循泉行竹径中，小折出，额曰'化城'，盖向于徐墓南间道来也。西折百步，有石平广，容数百人，旁罗峻壁，幽壑潭潭，自呈道左。复西南折，树更郁葱，泉瀌瀌循涧鸣，皆千尺雪之下流。复百馀步，有亭覆井，遂入法螺庵，梅极古，皆赵氏遗植。初至二楞堂，门扉无一隙，有画屏一扇，半剥落。三寺中法螺最新整，重阿周廊，曲室互隐，而报恩位置巧化城，则千尺雪一地可冠寒山也。返饭于亭侧。游华山还，复憩焉。寺僧号西泉，亦有意，乃循放鹤亭以达山趾之寺，时已昏黑矣，不入而登舟。”

山上诸庵，一度颇有香火，郡中士女借着烧香拜佛的因由，来领略寒山春天的风光。顾嗣立《西山竹枝词》咏道：“法螺庵前声如雷，赵家坟外人作堆。三三两两穿花过，错认衰桃几簇开。”

道光以后，寒山渐渐冷落了，那是因为山水暴发的缘故。韦光黻《闻见阐幽录》说：“嘉庆末年，吴中诸山连岁出蛟，或谓泛洪。法螺寺内蛟起石中，水涌没牛，石坡瓦裂，殿屋坍塌，忽山巅露一井，深不可测，又山有茶树极清越，野生百合小如卵，色黄，香味甜香。”道光十三年，一场大水又几乎荡涤山上的建筑，惟法螺庵尚存，嘉善人黄安涛在《吴下寻山记》里说：“过寒山，忆赵凡夫故居，于道光癸巳为蛟水冲毁，相与惋惜久之。旋入法螺寺茶饮，俯槛临流，颇得潆洄之趣。”至民国年间，僧舍也已圮败，仿佛荒墟一般，仅存假山、荷池、石桥遗迹，徒供凭吊。大概因为高宗曾经驻跸的缘故，乡人称之为皇废基。

值得一提的是，赵宧光、赵均父子是当时有名的藏书家和刻书家。钱谦益《赵灵均墓志铭》说：“先赵氏之金石，今独其目在耳，小宛之堂，芸签缥带，亦如所谓连舻累舳，散为云烟者，有无聚散，不可重为叹息耶。”赵氏藏书丰富，尤以金石拓片为特色。彭元瑞等《天禄琳琅书目后编》卷五著录宋本《梁溪漫志》：“寒山赵氏、泰兴季氏藏本。”卷首有“吴郡赵宧光家诸子”朱文印记。又卷十七著录宋本《姓氏急就篇》：“寒山赵氏藏本。”有“吴郡赵宧光家诸子”朱文印记，“赵凡夫读残书”白文印记。丁日昌《持静斋书目》卷三著录元本《书法钩玄》：“眉端丹黄批抹，皆赵宧光手迹也。后有草篆书‘万历壬子仲春二日胡蝶侵阁’云云。有‘吴郡赵宧光家经籍’、‘寒山’、‘梁鸿墓下’、‘陈琦飞’、‘黄松斋’、‘顾曾涛’诸印。”王文进《文禄堂访书记》卷三著录叶石君校明覆刻宋本《述异记》，叶氏手跋有云：“其书系钞本，而为寒山赵氏所藏。赵灵均殁后，图籍星散，此书为吾兄购得。”瞿镛《铁琴铜剑楼藏书目录》卷九著录旧钞本《五代史补》：“有朱笔题云：‘崇祯辛未仲春六日，以海虞冯已苍钞本对阅于寒山小宛堂。’则赵灵均笔也。”又卷十六著录校本《论衡》：“其后又得孙潜夫临赵灵均校宋本，有与元本异者录于下方。灵均，寒山赵凡夫子；潜夫，吾邑人也。其自跋云：‘已亥六月用赵灵均校定本对读。’”又卷二十著录宋刊残本《和靖先生诗集》：“旧为太仓黄摄六藏本，有手书跋云：‘和靖集，余向购之于武林徐门子铺中，后归灵均，灵均身后藏书散尽，此册以残缺独存。戊子夏，赵昭携过溪上，因复留之，如异乡见故人也。摄六黄翼。’册首签题‘宋林和靖诗集’六字，为灵均笔。”傅增湘《藏园群书经眼录》卷十七著录元至正元年集庆路儒学刊本《乐府诗集》：“余据宋本校，又传录陆勅先贻典校本，陆校据冯班、赵均、钱求赤校本。”叶昌炽《藏书纪事诗》卷三咏道：“远上寒山石径青，神仙眷属草堂灵。悉昙经典归何处，憔悴中郎曙后星。”

赵宧光的寒山堂，用木活字排印了赵枢生的《含玄斋遗编》、《别编》、《含玄子》，刻印了自撰的《说文长笺》、《六书长笺》、《寒山帚谈》、《寒山蔓草》等，还刻印了陆卿子的《考槃集》、《玄芝集》。江澄波先生《古刻名钞经眼录》著录：“《考槃集》六卷，题‘吴郡士人赵宧光内子赵陆卿子撰’。明万历二十八年刊本，每半页八行，行十八字，白口，左右双边，首有赵宧光《刻内子考槃集序》，卷一至卷五为诗，第六卷为文，凡《紫蝴蝶花赋》、《寡妇赋》、《王母颂寿姑太夫人诔》、《次子无彊砖铭》、《从子花封哀词》、《祭杨夫人文》、《祭五郎文》、《祭长姊金夫人文》、《镜铭》等。《玄芝集》四卷，著者具名款识与《考槃集》相同，行款字数及版式一样，内容大部为诗，文仅有《观无量寿佛颂》、《绣佛颂为文夫人荐舅作》、《江大夫人诔》三篇。”

赵均的小宛堂，刻印了赵宧光《说文长笺》、《六书长笺》、《先考凡夫府君行实》等，特别是所覆刻宋本《玉台新咏》十卷，刻工精致，具宋版面目，称同书中之最佳版本，为世所珍。傅增湘《藏园群书题跋记》卷十八《赵氏刻玉台新咏跋》说："崇祯癸酉，吴郡赵均得宋嘉定时陈玉父本，摹刻以传，一扫历来之芜秽，且写刻精雅，楮墨明湛，当世推为佳椠，即是本也。其版式半叶十五行，每行三十字，间或增减一字，细黑口，左右双阑。末卷后录陈玉父跋，赵氏又自为之跋，略言今本缪误，全失撰者初心。至字句小异，未可悉呈，苟不精思，雷同相从，转展傅会，与昔人本恉何与？故今又合同志，详加对证。是赵氏授梓时，又有所校正也。"又说："赵氏此书镌工精善，印行时多用佳墨旧楮，遂尔古雅绝伦，于是肆估多撤去寒山跋语，用充宋刊，嗜古者多为所欺。上自内府，下至公卿家，凡号为宋本者，审之皆赵刻也。世传许滇生、徐星伯家皆有宋本，然许氏藏本余昔年见之厂肆，有翁覃谿识语，盛称其佳，实即赵刻之精印者耳，今藏秋浦周叔弢家，可以取验。"

当赵均夫妇殁后，其女赵昭为生活计，只得变卖所藏，汪珂玉《珊瑚网》卷九"赵子昂书陶诗"条引《乐卿笔记》："崇祯癸未重九日，寒山赵子惠来吾禾，访女史黄皆令，携其先凡夫所遗物欲售，余因得观此卷，并衡山手录《甫田全集》、李北海墨迹、宋元人画，及古澄泥研，作阴阳对扇开合，宋做白玉飞鸾，杨萱彩描漆囊，鱼耳宣炉种种。”寒山富赡的收藏就这样给散尽了。

二〇〇九年四月十日

沧浪亭随笔

《沧浪亭》传奇

苏舜钦，字子美，绵州盐泉人，庆历四年以范仲淹举荐，为集贤校理，监进奏院。当时，范仲淹、富弼等正在宰相杜衍的支持下，推行新政，以夏竦为代表的保守派，千方百计阻挠这次政治改革，内侍蓝元震就说范仲淹等"以国家爵禄为私惠，胶固朋党，递相提挈，不过二三年，布满要路"(《宋史全文》卷八)，他们就寻找范氏"朋党"的错失，伺机发难。就在那年秋间，进奏院举行祠神仪礼，苏舜钦将院中的废纸卖了，召妓乐，举宴会。这本来不过是循照惯例而已，但给保守派找到了把柄，苏舜钦既是范仲淹举荐，又是杜衍的女婿，从他身上开刀，真是一箭双雕。于是御史中丞王拱辰让属下劾奏，事下开封府审治，结果苏舜钦以自盗除名。不久，改革夭折，杜衍、范仲淹、富弼等均被贬黜。

庆历五年春，苏舜钦来到苏州，僦舍以居，曾屡次搬迁，终以四万钱买得孙承祐园墅的废地，在那里重加修建，作为流寓的居所。他在《沧浪亭记》里说:“一日过郡学,东顾草树郁然,崇阜广水,不类乎城中,并水得微径于杂花修竹之间,东趋百步,有弃地,纵广合五六十寻,三向皆水也,杠之南,其地益阔,旁无民居,左右皆林木相亏蔽。访诸旧老,云钱氏有国,近戚孙承祐之池馆也,坳隆胜势,遗意尚存。予爱而徘徊,遂以钱四万得之,构亭北碕,号沧浪焉。”他将这水边的亭子题名沧浪,乃取《楚辞》里那首渔父之歌:“沧浪之水清兮,可以濯吾缨;沧浪之水浊兮,可以濯吾足。”沧浪亭既实指一个亭子,也泛称整个园子。苏舜钦在沧浪亭里住了三年多,庆历八年十二月病卒。

苏舜钦在沧浪亭的日子,过得安逸而舒畅,他在给韩维的信里说:“伏腊稍充足,居室稍宽,又无终日应接奔走之劳,耳目清旷,不设机关以待人,心安闲而体舒放。三商而眠,高舂而起,静院明窗之下,罗列图史琴尊,以自愉悦。逾月不迹公门,有兴则泛小舟出盘阊,吟啸览古于江山之间。渚茶野酿,足以消忧,莼鲈稻蟹,足以适口。又多高僧隐君子,佛庙胜绝。家有园林,珍花奇石,曲池高台,鱼鸟留连,不觉日暮。”(《答韩持国书》)他在这三年多里,既没有什么曲折经历,也没有什么动人故事,如果铺陈戏文小说,大概也不会有多少情节。到了清康熙朝,却有人就写了一部传奇《沧浪亭》,黄文旸《曲海总目提要》卷二十六著录："《沧浪亭》，蕊栖居士撰，记苏舜钦卜居沧浪亭事。"传奇本事只引录《宋史·苏舜钦传》，大概黄文旸也没有看到过这个剧本。

需要说明的是，明清时期，传奇与杂剧的概念有点夹缠，一本之内兼用南北曲或专用南曲的传奇，也称为杂剧，戏曲史上称为南杂剧。如傅惜华《清代杂剧全目》、庄一拂《古典戏曲存目汇考》就将这本《沧浪亭》作为杂剧来著录的。

关于《沧浪亭》的作者蕊栖居士，《清代杂剧全目》卷二说："蕊栖居士，姓、名、字，均无考。籍里、事迹，亦皆不详。今仅知其为乾隆以前时人，所作杂剧四种，俱未见传流。"《古典戏曲存目汇考》卷八也说："蕊栖居士，姓名、字号、里居均未详。"两位先生有所不察，其实，蕊栖居士就是宋荦，他的《西陂类稿》卷十四有《初冬过沧浪亭寄尤悔庵》一首，诗曰："沧浪亭畔刈稻了，倚杖看山又此回。野水雁飞荷叶烂，故乡花送牡丹来。经营是处宦情别，歌板古人生面开。寄语西堂八十叟，石栏点笔待追陪。"他在"歌板古人生面开"句下自注"时有《沧浪亭》传奇"。像《沧浪亭》这样题材的戏文，也惟有宋荦喜欢来写。

这就要说到宋荦与沧浪亭的关系。宋荦，归德商丘人，字牧仲，号漫堂，又号西陂、绵津山人，乃大学士宋权之子，顺治四年就应诏以大臣子侍卫禁廷。康熙三十一年二月，他由江西巡抚调江苏巡抚,至四十四年十一月迁吏部尚书,在苏州前后长达十四年。上任不久,他得知沧浪亭就在巡抚衙门附近,就去寻访。那里只有一个苏公祠,还是八年前江宁巡抚王新命新建的,它的四周一片荒芜,哪里还有什么沧浪亭?于是就动念修复,说是修复,其实都得重新建造了。宋荦在《重修沧浪亭记》里说:“暇日披图乘,得宋苏子美沧浪亭遗址于郡学东偏,距使院仅一里而近。间过之,则野水潆洄,巨石颓仆,小山蘩翳于荒烟蔓草间,人迹罕至。予于是亟谋修复,构亭于山之巅,得文衡山隶书‘沧浪亭’三字揭诸楣,复旧观也。亭虚敞而临高,城外西南诸峰,苍翠吐欱檐际,亭旁老树数株,离立拏攫,似是百年以前物。循北麓稍折而东,构小轩曰自胜,取子美《记》中语也。迤西十馀步,得平地,为屋三楹,前亘土冈,后环清溪,颜曰观鱼处,因子美诗而名也。跨溪横略彴,以通游屐,溪外菜畦民居相错如绣。亭之南,石磴陂陀,栏楯曲折,翼以修廊,颜曰步碕。从廊门出,有堂翼然,祀子美木主其中,而榜其门曰苏公祠,则仍旧屋而新之。”工程自康熙三十四年八月启动,翌年二月竣事,至此沧浪亭才初具现存的大致布局和规模。

宋荦不但重修了沧浪亭,还辑存《沧浪小志》二卷,《四库全书总目》卷七十七著录:“因搜辑前人传记诗文,而附以所作记一篇、诗一首及尤侗、范承勋诗各一首,共为一集。当时颇称其好事,然其所采,多为舜钦而作,与亭无涉,又南禅寺虽附近亭旁,而实非当日之故址,一概泛载,亦未免稍失断限矣。”如果严格地从志的体例来说,确实是有点滥竽充数。《沧浪小志》今存康熙间刻本,已收入《四库全书存目丛书》。沧浪亭自重修后,附属于官府,宋荦是驻苏州的最高行政长官,也就是那里的主人。他在《重修沧浪亭记》里说:“予暇辄往游,杖履独来,野老接席,鸥鸟不惊,胸次浩浩焉,落落焉,若游于方之外者。”在给王士禛的信里也说:“近复于沧浪亭畔叠石种花,时时小有吟咏,谅先生闻之,又笑我为‘别样节督’也。”(《寄阮亭侍郎》)《西陂类稿》乃其手自订定,其中有《沧浪亭诗》三卷,不少是与沧浪亭有直接关系的诗作。

宋荦重修沧浪亭外,还重修了唐寅墓,但在当时也不是一片赞誉,有人就以为这是“废政”。《说部撷华》卷一记了一件事,江苏巡抚衙门在书院巷里,东西各有辕门,分别榜曰“澄清海甸”、“保障东南”各四大字,有人就各加了三个字,凑成联句曰:“澄清海甸沧浪水,保障东南伯虎坟。”不管如何,既然宋荦对沧浪亭情有独锺,创作《沧浪亭》传奇,自在情理之中,但作为封疆大臣,他又不得不考虑人言舆情,就署名蕊栖居士,戏文小说署以别名,也是当时的风气。

除《沧浪亭》外，《曲海总目提要》卷二十六还著录了蕊栖居士所作的另外三种传奇，一是《平津阁》，演汲黯骂公孙弘事；二是《十锦堤》，演白居易守杭州，筑堤捍钱塘事；三是《铁汉楼》，演章惇欲杀刘安世不逞事。这四种传奇散佚已久，刊刻、流布的情况也不详。《曲海总目提要》记这四种传奇，前有楔子，有曰："饰诈的难逃冷眼，《平津阁》也；任运者时遇赏心，《十锦堤》也；做硬汉高楼独据，《铁汉楼》也；读奇书美酒长斟，《沧浪亭》也。"可知《沧浪亭》里有苏舜钦饮酒读《汉书》的情节，本事见龚明之《中吴纪闻》卷二："子美豪放，饮酒无算，在妇翁杜正献家，每夕读书以一斗为率。正献深以为疑，使子弟密察之。闻读《汉书·张子房传》至'良与客狙击秦皇帝，误中副车'，遽抚案曰：'惜乎！击之不中。'遂满引一大白。又读至'良曰：始臣起下邳，与上会于留，此天以臣授陛下'，又抚案曰：'君臣相遇，其难如此。'复举一大白，正献公知之大笑，曰：'有如此下酒物，一斗诚不为多也。'"这是苏舜钦早年的传说故事，虽然也可采入传奇，但总不该是那楔子拈出的主题吧。

二〇〇九年六月一日

沧浪亭全景图

苏舜钦构筑的沧浪亭,元明时就已荒毁颓败了。嘉靖十四年,文徵明《题苏沧浪诗帖》就说:“去今数百年,所谓沧浪亭者,虽故址犹存,亦惟荒烟野草而已。”再后来,甚至连它的坐落也说不清楚了,归有光《沧浪亭记》就写得有点夹缠,既说:“浮图文瑛居大云庵,环水即苏子美沧浪亭之地也。”又说:“苏子美始建沧浪亭,最后禅者居之,此沧浪亭为大云庵也。有庵以来二百年,文瑛寻古遗事,复子美之构于荒残灭没之馀,此大云庵为沧浪亭也。”让人误以为沧浪亭与大云庵是在一个地方。至康熙三十四年,江苏巡抚宋荦访得沧浪亭遗址后,在那里重新建造,园的坐落没错,亭的位置却错了。当年苏舜钦是“构亭北碕”,也就是在北边的水岸,合乎“沧浪”之意,而宋荦却将亭建在园内的小丘上。难怪一些读过苏舜钦《沧浪亭记》的游人,都会将水边的观鱼处当作是沧浪亭。

自宋荦重修沧浪亭后,就有全景图,我看到的有六件。

最早一件是《沧浪小志》卷首的《沧浪亭图》,题图各占一面。题“沧浪亭图”,隶书四字,左下有方形阳文印两方,一“朱氏锡鬯"，一"竹垞"，即朱彝尊。画的右上有方形阳文连印"高简"，张庚《国朝画征录》卷中记道："高简，字澹游，号旅云，吴人。能诗，工山水，模法元人，务为简淡，而布置深稳，笔墨矜惜，风味清臞可爱。余从伯木威先生曰：'高君胸有书卷，故腕下露此静韵，不然亦薄而厌玩也。'平生小品最多，若大幅则不能也。"吴伟业有《为李灌溪侍御题高澹游画》云："烟雨扁舟放五湖，自甘生计老菰蒲。谁将白马西台客，写作青牛道士图。"吴绮有《秋日集高澹游斋中即席得湘斑二字》云："摇落逢斯日，群贤在草堂。爱花容我老，得酒笑人忙。黄叶催诗卷，青山入醉乡。最怜窗外竹，萧飒似三湘。"高简卒于康熙四十六年，年七十有四。

关于高简画《沧浪亭图》的事，王士禛记下了一点线索，《香祖笔记》卷一说："盘山拙庵（智朴）和尚自江南还山，以《沧浪高唱》画册来索题。盖师访宋牧仲开府于吴门，适朱竹垞（彝尊）太史自禾中来，会于沧浪亭，共赋诗见怀，而画史高简图之者也。"《沧浪高唱》是本册页，这幅《沧浪亭图》或许是其中一开。此图改为版刻后，笔墨自然是看不出了，但布局很满，是由北向南而望，未画沧浪池，当然也没有桥，大门有两，一东一西，参差前后。西面一门当为南禅寺，而东面一门就是沧浪亭，树木茂密，山石崔嵬，建筑散落分布其间。小丘上的沧浪亭，最为突出，乃是全图主景。亭东有屋数椽，当是自胜轩，它的位置在今苏州美术馆一隅，迤西为观鱼处。亭南较为空旷，那是一片菜畦桃林，远处有牌楼、园墙，再远处是一带城垣，城垣后山峦起伏，那当然是为布局需要而虚构的。《沧浪小志》今存康熙三十七年刊本，附徐惇复白华书屋刊本《苏学士文集》后，凡两卷，前有尤侗序，作于康熙三十五年，高简此图亦当作于是年，也就是沧浪亭重修落成的那年。

稍后就有王翚的沧浪亭图。王翚，字石谷，号耕烟，常熟人，清初"四王"之一，名垂画史，无须多作介绍。王翚所作沧浪亭图今存两件，一是上海博物馆藏《六境图卷》的沧浪亭一段，一是南京博物院藏《沧浪亭图卷》。这两件均作于康熙三十九年夏，均为纸本设色，尺幅也几乎相同，且都与宋荦有关。

先说《六境图卷》本，这是宋荦的宦迹图，他自己也说是"图成当年谱"的。《西陂类稿》卷十五有《六境图咏序》，这样说："康熙甲辰，予以侍卫出判黄州，地故有子瞻洗墨池，从荆榛瓦砾中搜剔而修复之，是为予宦游之始。忘归岩者，虔州山水最幽处，得名自阳明先生，予奉使经年过此，亦每忘归。后予观察通州，咫尺京华，最为纷沓，赖潞河一水，绿浪红蕖，风帆沙鸟，时可怡情，因葺潞亭，以存旧迹。赵文敏有《鹊华秋色图》，为齐州周公谨作也。予以额廉访官署，夕阳紫翠，恒于坐卧间。得之不数月，移藩吴会，簿书旁午，闻有苏子美沧浪亭，未及探历，忽有江右之役。江右近郭有北兰寺，据江山胜概，因建烟江叠嶂堂，与宾从游眺其中，颇擅一时之盛。壬申，移节平江，政简心闲，沧浪亭近在署侧，取次修葺，遂成名胜，酬夙愿也。今岁夏，乌目山人王翚过我，俾作《六境图》，叙述其事，各系五言诗一章，要一二故人和之。庚辰立秋日。”庚辰是康熙三十九年，王翚所画“六境”，依次是洗墨池、忘归岩、潞亭、鹊华秋色堂、烟江叠嶂堂、沧浪亭。

宋荦卒后，《六境图卷》为其后人收藏。管同《游西陂记》记嘉庆十二年四月三日，他游商丘宋氏西陂，“既入陂，至赐书堂，晤其主人，出王翚石谷所为《六境图》，尤展成、朱锡鬯诸公题咏在焉”。至太平军乱后，《六境图卷》易主，方濬师《蕉轩随录》卷六记道：“商丘宋牧仲尚书(荦)有《六境图》，盖宦辙所至，取名胜之最者绘为图，凡六册，乌目山人王翚手笔也，王渔洋、尤展成、朱竹垞诸公均有题咏。尚书裔孙备恪作令皖江，携以自随。粤贼乱后，闻此图归怀远人某，嗣屡遭兵燹，不知尚存否。予与备恪有一面之识，惜未向其索观也。”方濬师因并未过眼，误将卷子当作册页。再后来《六境图卷》便归庞元济所有了，可惜卷中六段已失去两段，《虚斋名画录》卷五《王石谷为宋牧仲写四段锦卷》记道："纸本，凡四段，皆山水，尺寸微有不同。每段后，宋牧仲另纸题咏，界乌丝阑。案此卷原本六段，尚有两段，曰洗墨池，曰忘归岩，并诸名人题跋，殆前人分装两卷，遂致散佚，因记于此，以俟延津之合也。"仅存四段的顺序，依次是潞亭、鹊华秋色堂、烟江叠嶂堂、沧浪亭，可见失去的是前卷。每段隔水，宋荦题五言古诗各一首，题沧浪亭一首云："移节来三吴，我还用我法。所愿风俗淳，坐许泉石狎。访古得沧浪，澄明比苕霅。空亭复旧观，屋宇施版锸。牡丹俨风鬟，荷叶展罗箑。故物补棋盘，韵事添琴匣。游人联袂来，名胜虎丘压。英英子美魂，吟啸定不乏。图成当年谱，画手颇称甲。他日归西陂，还倩写放鸭。"庞元济的著录，与《西陂类稿》卷十五《六境图咏》中的《沧浪亭》一首一字无异。

《六境图卷》沧浪亭一段，纵三十四点五厘米，横一百七十八厘米，图右上题"沧浪亭"篆书三字，所画用笔细密，兼工带写，其景象很有一点欧阳修在《沧浪亭》里咏唱的那样，"荒湾野水气象古，高林翠阜相回环。新篁抽笋添夏景，老枿乱发争春妍。水禽闲暇事高格，山鸟日夕相啾喧。不知此地几兴废，仰视乔木皆苍烟"。那古木森森中有一小筑，即是沧浪亭，远处阡陌连绵，东边则是河流，水面较宽，浩浩汤汤而来，隔岸则点缀远树数株。

值得一说的是，沧浪亭明道堂里有一副王凯泰撰、俞樾书的楹联，也提到《六境图卷》，联曰："六境画图中，此地尚分今月照；十年烽火后，名山重仰大云垂。"款曰："宋牧仲中丞以宦迹绘《六境图》，沧浪亭其一也。先世楼村公受知中丞，有题图六咏，载《梅花书屋集》中。同治甲戌之春，云游吴门，适沧浪亭新修之后，复瞻胜迹，爰志一联，以志景慕。宝应王凯泰撰句并记，德清俞樾书。"俞樾手书的旧联已不知所在，今所见者为沈鹏重抄，可惜将上联的下半句写成"此地尚分今日照"了，总有点不通。

再说《沧浪亭图卷》，此卷先前的流传情况不详，至道光七年为梁章钜所得，《退庵所藏金石书画跋尾》卷十八著录《王石谷沧浪亭卷》："卷首纸边小楷书'沧浪亭图'四字，下有朱文'耕烟外史'印，卷末纸边小楷书'康熙岁次庚辰夏六月，海虞耕烟散人王翚画'，下有白文'王翚之印'及'石谷'两印。卷后另纸有宋漫堂中丞《重修沧浪亭记》，下有朱白文'臣荦'及朱文'西陂'印，后有'子至代书'四字，下有朱文'臣至'及'宋氏山言'两印。重修事始于康熙乙亥，成于明年丙子。此图成于后四年庚辰，盖亦为漫堂中丞作。余以苏藩任内重修斯亭，在道光丁亥，前后相距一百三十年，而斯图适至，亦翰墨奇缘也，因以所作《沧浪亭杂诗》附书于卷后。他年考沧浪亭故实者，将于此卷有资焉。"今南京博物院藏《沧浪亭图卷》,与梁章钜著录的完全一致。卷后拖尾,除宋至代父宋荦书《重修沧浪亭记》外,还有梁章钜自书《沧浪亭杂诗》,后署“道光丁亥重修沧浪亭落成,杂纪以诗,逾年适获此卷,因录于后。盖前后相距一百三十三年,亦翰墨奇缘也。长乐梁章钜识”。未久,此卷归顾沅艺海楼,徐康《前尘梦影录》卷下记道:“石谷又有《吴门绣谷图》、《沧浪亭图》,曾藏艺海楼。”以后如何流传,又如何归于南京博物院,就不得而知了。

《沧浪亭图卷》,纵三十三点四厘米,横一百三十二点四厘米。它与《六境图卷》沧浪亭一段的构图完全不同,与沧浪亭重修后的情形比较接近。一区之地,古木森森,云雾弥漫,沧浪亭在小丘之上,其北为观鱼处,临水而筑,迤西有屋数椽,即今陆舟书屋所在,其间未有长廊,只是土岸而已。大门外有桥,曲折架两岸。其西隐隐有阁,当是南禅寺的钟楼,宋荦《雨后由沧浪亭过南禅寺慨然有作》就有“访古过南禅,径曲苔纹遍。老屋但钟鱼,危楼尚霄汉”之咏。观鱼处下的沧浪池上,荷叶田田,其东一片田塍,则是园外的景象了。

至乾隆三十六年,《南巡盛典》武英殿刻本问世,此书为两江总督高晋等纂修,凡一百二十卷,其中卷九十四至卷一百零五为名胜,所谓“图绘景物,美诸形容,此亦岳贡川珍之一验也”,计有

图一百五十六幅(双面连式),每图附文诠释。沧浪亭在卷九十九,附文曰:“沧浪亭在郡学之东,积水弥漫,小山曲折,相传为钱元璙池馆。宋苏舜钦得之,作亭曰沧浪,欧阳修有‘清风明月本无价’之句,其名遂著。寻属章惇,后归韩世忠,愈扩其址。元明间,废为僧舍。嘉靖时,知府胡缵宗重建韩祠,释文莹复于其旁建沧浪亭。本朝宋荦抚吴,搜访遗迹,构亭于山巅,得文徵明隶书‘沧浪亭’三字揭诸楣。”简要介绍了沧浪亭的历史。

这一幅画的是乾隆朝前期的沧浪亭景象,与前几幅不同,视角是由南向北的,这就要说到沧浪亭大门的位置。早在南宋绍定二年镌刻的《平江图》上,“韩园”(即沧浪亭址)的大门是朝南开的,其地约在今竹辉路上。至康熙中叶,宋荦重建沧浪亭,将它的大门改到北面,宋荦《重修沧浪亭记》称“跨溪横略彴,以通游屐”,就像高简、王翚画里的那样。但迟在乾隆初,就又在沧浪亭的南面开辟大门,而北面仍有门可以出入。据乾隆十年编绘的《姑苏城图》标注,在今沧浪亭街和竹辉路之间有一条东西向的小道,沧浪亭的大门就开设在那里,它的西面是南禅寺,它的东面经过施家桥就是结草庵,可见当时沧浪亭的范围已经缩小。至同治、光绪间编绘《姑苏城图》,这个格局没有变化。在《南巡盛典》的沧浪亭图上,大门注曰“宫门”,入门经甬道,有一道内墙，前为观音阁，东为“座落”，即皇上休憩之所，这一区当是今翠玲珑、看山楼、五百名贤祠一带，沧浪亭仍在小丘之上，今门厅、面水轩、藕花水榭、锄月轩等北部建筑已基本形成，并已有部分曲廊花墙，中部的明道堂等也初具规模，惟在朝向上画得有点问题。北面园外有桥，远处屋宇毗连，罗汉院双塔遥遥在望。这幅沧浪亭图，注重写实，作全景式的展现，构图稳妥、均衡，大致反映了乾隆年间沧浪亭的面貌。至于版刻技艺，刀法娴熟，线条平稳精整，惟缺少变化，但规整之美确实也是殿版的特点。

关于《南巡盛典》中的名胜图，不少人认为是由上官周主绘，如王伯敏《中国版画通史》（人民美术出版社版）、徐小蛮等《中国古代插图史》（上海古籍出版社版）都这样说，甚至连故宫博物院编的《清代宫廷版画》（紫禁城出版社版）也说：“图由著名画家上官周绘写。”其实错矣，错就错在误读了徐康《前尘梦影录》里的话，是书卷下说：“国朝则《万寿盛典》、《南巡盛典》首袠图象系上官竹庄，山水皆石谷子画。即《图书集成》中有图数十册，悉名手所绘，镌工绝等。自兵劫以来，此种珍本均不得见矣。”徐康说的《南巡盛典》乃是康熙三十年起画的《康熙南巡图》十二卷，由宋骏业主持，王翚主笔，杨晋、冷枚、王云、徐玫、上官周等参与其事。石谷子王翚卒于康熙五十六年，上官周虽然卒年无考，但他的《晚笑堂画传自序》末署“乾隆癸亥暮春清明后一日，闽汀上官周自题，时年七十有九”。可见乾隆八年他七十九岁，高晋请旨编纂《南巡盛典》是在乾隆三十一年，假如上官周还在世，已经一百零二岁了。因此，上官周不可能参与《南巡盛典》的事儿。

释济航的石刻《沧浪亭图》，画的是同治十二年江苏巡抚张树声重修后的沧浪亭全景，视角由北而南，当时沧浪亭的格局，已基本就是如今的情形了。园东至观鱼处一线为限，光绪元年佚名者所作《游沧浪亭记》说：“亭之东隔以短墙，墙外有田数十亩，则非园中所有。”而藕香水榭后有楼阁，今已不存，另外对直明道堂南有戏台，今改为瑶华境界，对直戏台南有门，两侧各是花墙一带，门外则是桃园和场圃，《游沧浪亭记》说当时那里栽种着水蜜桃，“此上海之水蜜桃，为当道者移植于此，正结实，是以未许游人至此，本明道堂前戏台后有门可通，今特闭之”。出了桃园，“则见一片场圃，东南面围以竹篱，向篱外望之，远山峦翠如画，近则一带城堞回环合抱，稍西则盘门古塔在焉。正远眺间，又闻隔院钟磬声，盖庵僧晚课矣”。当时出入沧浪亭，仍在北面，张树声《重修沧浪亭记》就说：“面桥临流，闬闳北向，颜曰五百名贤祠者，则名属诸祠，实亭所从入之门也。”

济航的《沧浪亭图》作于光绪九年四月，跋曰：“吴中沧浪亭创于苏子美，自宋迄明，兴废已不一矣。国朝康熙、道光间一再修葺，供有列圣宸翰，复当隙地建名贤祠，募勒画像五百于壁，以为师表，景物之盛，甲于东南都会。咸丰庚申，亭毁于劫火。越十馀年，始经廉舫应公宝时商于抚军，集资重建，规模式廓，益胜于前。僧出延陵世系，职忝住持，慨夫亭垂千载，兴废无常，亟绘是图，勒石传示，以期今之所有可为后之所考云。光绪癸未夏四月，沧浪僧济航并识。"图成后勒石，拓片流传，光绪十年洪钧题诗一首，后补刻于碑上，诗云："春风褰我裾，揽胜眺南郭。一亭俯涟漪，三径通略彴。当年苏子美，迁谪此栖泊。鱼鸟识性情，风月恣挥霍。沧桑劫数经，池馆景如昨。衲子深画禅，胸中具丘壑。写图镌贞珉，主守住行脚。昔者僧文瑛，兴复费揉度。长史遗迹彰，太仆记文作。今兹佳话继，画本百张搨。我思濯尘缨，卧游欣有托。甲申四月，洪钧。"至一九二八年蒋吟秋辑《沧浪亭新志》时，"此石未经砌壁，在今名贤祠内置架保藏"（卷四），今则已陈列于门厅。

释济航，事迹不详，光绪初为大云庵住持，当时大云庵移南禅寺址，张树声《重修沧浪亭记》说："西南尽处有佛龛，曰古大云庵，别南其户，以通街巷。庵隶于亭，凡所有事，庵僧司之。"故济航自称沧浪僧。

还有一件在蒋吟秋辑《沧浪亭新志》卷首，款署“古吴震渊写”，并有“蔡诜”朱文连印。一九二七年，沧浪亭划归苏州美术学校作校舍，时距张树声重修已四十馀年，巨石颓仆，荒芜塞径，台榭池馆栋折垣圮，校董吴子深便斥资重修，翌年九月竣工，校长颜文樑作《重修沧浪亭记》，其中写道：“文樑于去岁五月担任沧浪亭保管之职，提议捐修，事不果行。子深吴君蠹焉伤之，既立美术专门学校于其中，以主其事，复独立输银四千，庀材鸠工，阅一载之久，于是看山楼、翠玲珑、面水轩、明道堂、闻妙香室、见心书屋、清香馆、藕花水榭，向之凡百废弛者，今得而一新之，若云已渐复子美之旧观，亦无不可。”此图大概是在重修竣工前后所作，画上亭榭堂楼布局，与如今所见已完全一样，惟园东墙外仍是田野，有桃柳之属。

蔡诜，苏州人，字振渊，一字震渊，别署玉蝉砚斋主、脂粉溪人。工画花卉、人物、飞禽、走兽，人称“蔡猢狲”、“蔡松鼠”。一九六〇年去世，年六十三。

沧浪亭全景图，自然不止上述六件，如蒋宝龄《墨林今话》卷十六记黄鞠(秋士)，说他“始以沧浪亭图见赏于梁方伯”，极有可能是全景图，而光绪元年《游沧浪亭记》作者所见者，则为全景图无疑，他说，明道堂“中悬沧浪亭图一幅，凡园中全景，即一水一石，一曲一折，无不绘于图内，不差毫厘，并绘及园外之远山近城，望之若出没于烟云缥缈之间，尺幅千里，诚为神笔，图画之观止矣”。可惜这幅图也未见流传。

二〇〇九年六月二日

印心石屋的由来

沧浪亭看山楼是建在黄石垒筑的石屋之上，石屋内有石几、石凳，惟石隙间透着点光亮，很是幽暗阴凉。石屋门额上“印心石屋”四字，乃宣宗旻宁御笔，说起来是大有来历的。

这就要说到嘉道时的重臣陶澍。陶澍是长沙安化人，字子霖，号云汀，出身贫寒，嘉庆七年举进士，由翰林院编修历任御史、给事中、道员、按察使，道光元年任安徽布政使，三年升安徽巡抚，五年移江苏巡抚，十年升两江总督，道光十九年卒于任，年六十有一，谥文毅。在有清十三朝中，陶澍不但是任总督年限最久的一位，更是当时大政改革的主持者。他所进行的漕粮海运、改引盐制为票盐制等，都是震动朝野的大事。另外，他还疏浚太湖，治理浏河、白茆河、吴淞江、黄浦江，修筑海塘，改善了江南水利状况，促进了农业生产。值得一说的是，陶澍遵循价值规律和市场法则的改革方略，突破了清朝传统的政治经济体制，具有促进社会进步的重要意义。

陶澍在当时和后来的影响很大，与他的知人善任有关，像林则徐、魏源、包世臣、陈銮、黄冕、王凤生、俞德渊、李星沅等都得到他的举荐、提拔和信用，曾国藩、左宗棠、胡林翼、张之洞等也深受他的影响。张佩纶在《涧于日记》己卯卷中就说："道光来人才，当以陶文毅为第一。其源约分三派，讲求史实，考订掌故，得之者在上则贺耦耕，在下则魏默深诸子，而曾文正集其成；综核名实，坚卓不回，得之者林文忠、蒋砺堂相国，而琦善窃其绪以自矜；以天下为己任，包罗万象，则胡、曾、左直凑单微。而陶实黄河之昆仑、大江之岷也。"

这样一位人物，自然受到宣宗旻宁的欣赏和信任。道光十五年冬，陶澍进京，宣宗先后召见十四次。十二月四日的一次，问到他家世里居的情况。他回答，早年住在资江边上的一个名为小淹的地方，父亲在江边结屋，给他授书，那里石壁对立，两岸如重门，澄潭潆洑，深数十丈，潭心有石，方正若印，人称印心石。宣宗听了，就亲书"印心石屋"四字赐之。过了五天又召见，问他家乡江岸石壁的情况，他回答，那南崖高七丈馀，广二十馀丈，耸峭峣嶒，又正在江流洄折之处，舟行遥望，邈若天际。宣宗听了，又亲书擘窠大字“印心石屋”。宣宗的意思很明白，那就是君臣间的心心相印。

陶澍承受这样的殊荣，心存感激，他说：“昔唐田游岩得御书题门，宋范成大得御书‘石湖’二字，传为盛事，我朝列圣颁赏御笔，如魏象枢之寒松堂，王士禛之带经堂，高士奇之西溪，宋荦之西陂，沈荃之家帖，首载御题，落纸云烟。刘墉之清爱堂、天香深处，则刻诸笔管，以识御赐，亦古人铭勒鼎钟之意也。微臣渥荷殊施，两叨宸翰，仰奎章而知训，矢介石而镂心。”（《道光十六年秋进印心石屋图跋》）于是，陶澍在家乡资江的南崖石壁上摹刻“印心石屋”四大字，又在北崖上建御碑亭。因为他曾随父亲在岳麓书院读过书，故又在那里的清风峡摩崖石刻御书。另外，他又先后在江宁清凉山前的博山、扬州平山堂、镇江金山玉带桥西、焦山寺东都构筑印心石屋，恭勒宸翰，有的还嵌诗文于壁间。苏州的印心石屋不止一处，除沧浪亭外，光福铜观音寺、东山古雪庵、西山龙渚石佛寺都有，李根源《洞庭山金石》卷一下著录西山石刻：“印心石屋（四字横书），正书，清宣宗书，太子太保、兵部尚书、两江总督陶澍谨领恭摹上石。”

道光十六年秋，陶澍将已在各地或摩崖或构屋的周边环境绘成图画，共八幅，每幅各系以图说，进呈御览。《沧浪亭印心石屋图说》写道："谨按：沧浪亭在苏州府学之东，宋臣苏舜钦所构，坊题'沧浪胜迹'。积水弥数亩，上有小山，高下曲折，与水相萦带，前松后竹，澄流碧干，光影会合于户牖之间。前抚臣宋荦续修，顷复重葺。亭峙小山，顶虚敞而临高，城外灵岩、天平、支硎诸山，苍翠吐欲，若浮于檐际。南禅寺在其西。循北麓稍折而东，有轩曰自胜。迤西十馀步，有屋三楹，前亘土冈，后环清漪，曰观鱼处。南廊敬镌列圣南巡时御赐诸臣句联。今于轩南临水建屋，恭奉御书'印心石屋'石刻，俾三吴之士同遂瞻仰焉。"由此可见，当时的印心石屋在沧浪亭之东，约今苏州美术馆一隅，它的徙移，也正是沧浪亭的沧桑变迁。

太平军战起，苏州城市遭受极大破坏，沧浪亭也未曾幸免。战后的同治四年暮春，袁学澜来游，他在《游南园沧浪亭记》里说："登沧浪亭，老树当阶，残碑仆草，石棋枰芜没荆棘中。望郡学，巍然新建，隔岸紫、正两书院及可园仅存败堵，目之所见，盖无非毁者。"印心石屋就在这次浩劫中毁去了。同治十二年，江苏巡抚张树声再次重修沧浪亭，他在《重修沧浪亭记》里说："大抵今所建者，惟亭在巅，仍宋中丞之制，馀则以意为之，不特非子美旧观矣。"看山楼就是这次重修时新建的，在设计时就考虑到印心石屋的安排，因此就将看山楼建为两层，以石屋为基础，在楼外叠石作梯而上，故而看山楼看似三层，高旷清畅，而石屋也独成一区，且更符合它的本义。光绪元年，沧浪亭修葺竣事，有佚名者作《游沧浪亭记》，说从明道堂出来，“循西厢南行，有向西小扉，进即石屋也，外石上题曰‘圆灵证盟’，内石屋上道光御赐曰‘印心石屋’，中有石几石磴，甚为幽奇，坐磴上，觉有一股冷气从石窗吹入，竦人肌骨。出石屋，仰见石屋上建高阁两层，有额曰‘看山楼’，遂步石级上至第一层，园中全景均已在目”。如今游沧浪亭，印心石屋、看山楼的情形，与一百多年前记载的完全相同。

二〇〇九年六月九日

梅都官园的疑问

俗传梅尧臣在苏州有园墅，即所谓梅都官园，最早见正德《姑苏志》，卷三十二记道：“梅都官园在府治西。祝樝《野录》云，圣俞晚年谢事，卜筑沧浪之傍，与子美相邻。二公一时名胜，日夕往还，酌酒赋诗，相得甚欢，今犹称其地为梅家园。”又，卷十九记道:“梅桥,一称梅家桥,在新桥南,梅圣俞寓此。”

《姑苏志》的记述,不少人信以为真。吴景旭《历代诗话》卷五十六就说:“梅圣俞晚年卜筑沧浪之傍,与子美相邻,爱其地也。”宋荦《沧浪亭》诗也有“都官园空接断垄,蕲王庙在馀数椽”之咏。至于后代府县志,也都引录《姑苏志》的说法,对此并未作过考证辨析。

最早对此提出疑问的是王士禛,《居易录》卷二十五说:“《姑苏志》古迹类,沧浪亭之后载梅都官园,引祝槱《野录》云,圣俞晚年谢事,卜筑沧浪之旁,与子美为邻云云。按欧阳文忠作圣俞墓志及集序,初无晚年谢事卜居苏州之文,但云累官至尚书都官员外郎,命编修《唐书》,书成,未奏而卒,年五十有九。其卒在京师,亦未尝谢事也。小说之妄如此,王文恪顾取之,何也?”

王士禛说的是事实,据张师曾《宛陵先生年谱家世》记载,庆历五年,梅尧臣签署许州忠武军节度判官;七年,解官回京师;八年,为国子博士,赐绯鱼。是年十二月,苏舜钦病卒于苏州。皇祐元年,梅尧臣丁忧归宛陵;三年,服除回京师,召试学士院,赐同进士出身,改太常博士。自此以后,监永丰仓,擢国子监直讲,累迁尚书员外郎。宋敏求《春明退朝录》卷下说,当时修《唐书》“将卒业,而梅圣俞入局,修方镇百官表。嘉祐五年六月成书”,

而“圣俞先一月馀卒”。可见他是死在任上的。

苏舜钦与梅尧臣齐名，世称“苏梅”，欧阳修《六一诗话》说：“圣俞、子美齐名于一时，而二家诗体特异。子美笔力豪隽，以超迈横绝为奇；圣俞覃思精微，以深远闲淡为意。各极其长，虽善论者不能优劣也。”苏、梅彼此也颇多投赠唱酬。但自苏舜钦遭谪流寓苏州后，两人联系很少。在苏舜钦现存的诗文里，庆历五年以后，没有与梅尧臣有关的内容，而梅尧臣也仅有一首庆历七年所作的《寄题苏子美沧浪亭》，诗云：“闻买沧浪水，遂作沧浪人。置亭沧浪上，日与沧浪亲。宜曰沧浪叟，老向沧浪滨。沧浪何处是，洞庭相与邻。竹树种已合，鱼蟹时可缗。春羹芼白菘，夏鼎烹紫莼。黄柑摘霜晚，香稻炊玉新。行吟招隐诗，懒戴醉中巾。忧患两都忘，还往谁与频。昨得滁阳书，语彼事颇真。曩子初去国，我勉勿迷津。四方不可之，中土百物淳。今子居所乐，岂不远埃尘。被发异泰伯，结客非春申。莫与吴俗尚，吴俗多文身。蛟龙刺两股，未变此遗民。读书本为道，不计贱与贫。当须化闾里，庶使礼义臻。”诗里说得很明白，梅尧臣并未亲涉园中，只是“昨得滁阳书，语彼事颇真”，而因此“寄题”。检朱东润先生《梅尧臣集编年校注》（上海古籍出版社版），梅尧臣一生并未到过苏州，当然更谈不上与苏舜钦“日夕往还，酌酒赋诗，相得甚欢”了。

这样一个历史事实，也引起一些学者的重视，乾隆元年成书的《江南通志》就换了一种说法，悄悄地将梅尧臣改为梅挚，卷三十一记道：“梅都官园在长洲县西，祝櫄《野录》云，梅挚晚年卜筑沧浪之旁，与苏舜钦为邻，今犹称其地为梅家园。”

梅挚，字公仪，成都新繁人，《宋史》卷二百九十八、《东都事略》卷七十五有传。他是仁宗天圣间进士，起大理评事，知蓝田上元县。景祐间徙知昭州，后又通判苏州。当推行庆历新政时，他任殿中侍御史，后以三司户部副使，出知海州。庆历八年正月移知苏州，《姑苏志》卷三十九记道：“挚以庆历八年正月除，有《五日公燕》诗云‘到官三月始开筵’。”明年皇祐元年正月，入为三司度支副使，擢天章阁待制、陕西都转运使，以龙图阁直学士知滑州，入知三班院。嘉祐二年请知杭州，累迁拜右谏议大夫，徙江宁府，又河中府，卒年六十五。虽然庆历八年他知苏州时，苏舜钦尚在世，但其晚年又何尝“卜筑沧浪之旁”。《江南通志》虽是想补漏洞，还是露出了窟窿来。

梅都官园或梅家园不知所在，梅家桥倒是一座历史悠久的古桥，最早著录于《吴地记后集》，此书叙事止于大中祥符元年，早于梅挚、梅尧臣生活年代，故桥之得名，不可能由两人而起，却可能与传说中的梅福有关。梅福,西汉九江寿春人,尝官南昌尉,后弃官,至王莽时不知所终。相传他入会稽,为吴市门卒。朱长文《吴郡图经续记》卷上说:"昔梅福弃官易名姓为吴市门卒,今此有西市门,殆其所隐乎。"黄庭坚《隐梅福处》诗云:"吴门不作南昌尉,上疏归来朝市空。笑拂岩花问尘世,故人子是国师公。"梅福故事盛传于苏州,梅家桥附会故事而得其名,也是有可能的。梅家桥的所在,据乾隆《姑苏城图》标注,今新市路南有一平行河道,桥作南北向,连接西街(今西大街,其南今属画锦坊)。又据一九四〇年《吴县城厢图》标注,今新市路东大街至西大街段,时称梅家桥弄。梅家桥于一九八三年拆除,旧时景象,已荡然无存,也很难去作往昔的追想了。

二〇〇九年六月二十六日

沧浪亭墨

宋荦是康熙间的藏墨大家,鉴识之精,收藏之富,可谓冠绝一时。早在康熙九年,张仁熙就撰《雪堂墨品》,记录了他的收藏。宋荦自己在康熙二十三年撰《漫堂墨品》,四十九年又撰《漫堂续墨品》，记录了藏品的名目、年代、铭记、花纹、样式、重量，以及收藏掌故、授受渊源等。宋荦既重修沧浪亭，又辑《沧浪小志》，请王翚等绘沧浪亭图，他出于喜爱藏墨的特殊情怀，还曾特制“沧浪亭墨”，辗转流传，为周绍良先生觅得一笏，今归故宫博物院。绍良先生在《蓄墨小言》（北京燕山出版社版）、《清墨谈丛》（紫禁城出版社版）里均有著录，并附印原拓墨影。

这笏“沧浪亭墨”，烟质细黝，模制古雅，造型优美，在清墨中可称极品。墨贮置于一精致漆盒内，盒面以螺甸嵌“沧浪亭墨”四字。墨作圆形，正面圆中取方框，楷书宋荦《沧浪亭》一首，诗云：“沧浪之水清且涟，亭子结向沧浪边。沧浪之亭几兴废，沧浪之水今依然。苏州南国最幽旷，池馆创自武肃年。厥后踵事非一姓，转眼变灭随云烟。湖州长史昔贬谪，爱此卜筑将终焉。轻舟野服恣啸傲，援琴命酒乐静便。长史作记欧公赋，金钟大镛声相宣。斯亭遂与人不朽，买得只用四万钱。曰余向往自弱岁，今宦于此嗟华颠。手捉孤筸遍探历，荒冈突兀临长川。方花古础缠蔓草，几株乔木仍参天。都官园空接断垄，蕲王庙在馀数椽。老夫顾此愿修复，胜事肯令他人专。伐石作亭悬旧额，爰饬祠宇肃豆笾。蕲王英魂定来此，会与长史相周旋。观鱼处敞俨对镜，自胜轩小疑乘船。隔城山色落衣袂，步碕矫首聊迟延。回廊略约纷点缀，管领风月凌平泉。山僧野老共登眺，央央旗旐却勿前。官热心冷每自笑，山林痼疾良难湔。左司文章久避席，白傅游宴或比肩。绵津沧浪忽对举，西堂意厚语则偏。吴人好事更好我，任教画作屏风传。”款署“沧浪亭诗，绵津山人，歙州吴瞻淇谨书”，“绵津山人”下钤“漫堂”阴文小印。墨的背面，绘陂陀古树，小桥流水，茅亭临水而构，背景则是绵绵山峦，当然是取沧浪之意而已。右角近边处题“吴瞻泰补图”五字楷书。墨的一侧有“康熙庚辰年”五字，另一侧有“歙吴守默监制”五字，并为楷书阳文。

这首《沧浪亭》收入《西陂类稿》卷十四《沧浪亭诗》，原诗“爰饰祠宇”误作“爰饬祠宇”，另外原诗“旧额”下有“衡山书”三字小注，“西堂”下有“尤悔庵”三字小注，因墨上字迹很小，无法再添注了。

“沧浪亭墨”的书和画为歙人吴氏兄弟所作，石国柱《歙县志》有他们的小传，卷七《人物志・文苑》记道：“吴瞻泰，字东岩，苑长子。事亲孝，交友笃。性亢直，不能容人过，而人有善，辄称扬之不容口。至人有急难，能引为己任，至穷老不变。为诗文冲夷简淡，兴会所至，豪气跃跃欲动，不假修饰，妙合自然。著有文十卷、古今体诗十卷、《杜诗提要》八卷。大吏举孝廉方正，辞不拜。”又，卷十《人物志·诗林》记道：“吴瞻淇，字漪堂，瞻泰弟。康熙癸未进士。工诗，沈归愚称其天然温厚，如其为人。”这笏“沧浪亭墨”制于康熙三十九年，当时吴氏兄弟都在宋荦幕中，因为是歙人，故与当地的制墨名家稔熟，这笏“沧浪亭墨”就是吴守默所制，即墨上所署“歙吴守默监制”者。

吴守默在康熙间与曹素功齐名，肆号延绿斋，他颇自矜持，制造不苟，及至晚年，子孙亦无继起者，雍正以后就绝迹墨林，延绿斋亦如昙花一现，故传世之作较少。曲阜颜崇椝《摩墨亭墨考》记其墨品十六种，那是延绿斋的常规产品。至于他为人定制的，有“兰樵主人藏墨”、“天一阁藏墨”等，今存以为宋荦所制者最多，除“沧浪亭墨”外，还有“后园六景诗墨”。

康熙三十一年，宋荦移抚江苏，上任后不久，就作《后园六绝句》，收入《西陂类稿》卷十二《述鹿轩诗》。所谓后园，就是巡抚衙门内的花圃。这套“后园六景诗墨”即依据《后园六绝句》制作，既为六绝句，全套当有六笏，但今仅存三笏，均正面为诗，背面为画。其一为长方形，漆框，正面诗云：“牡丹故园种，鬖髿香饔开。传呼吏人至，共我看花来。”款署“绵津山人”，下有“芰梁”小方印，阴文填金，一侧有“吴守默用李法”六字，楷书阳文款，背面画山石牡丹。原诗“鬖髿香饔开”句下有小注“花名雕饔轻醉”,因字小而未录。其二为长方形,漆框,正面诗云:“几日春欲老,空林新绿加。乍惊残雪在,零落绣球花。”款署“漫堂”,下有“放鸭亭”小圆印,阴文填金,一侧有“吴守默监造”五字,楷书阳文款,背面画折枝绣球。其三为阔长方形,委角,正面诗云:“西轩几席幽,砌上苔痕留。焚香此独坐,偶似韦苏州。”款署“漫堂”,下有“纬萧草堂”小长方印,阴文填金,一侧有“延绿吴氏造”五字,楷书阳文款,背面画一人执扇独坐榻上,背后有屏风、竹枝,边上有几,几上有瓶插。可见这套诗墨六笏,形制分两种,略有大小,各三笏,装一匣子。

值得注意的是,这套诗墨的款下分别有“芰梁”、“放鸭亭”、“纬萧草堂”小印,那是宋荦商丘故里西陂的六景。《西陂类稿》卷九《漫堂草》有《西陂杂咏并序》,序有曰:“余家西陂,去宋城数里而近,鱼藕菱芡,亘延于隋堤南湖,有江南之胜。老屋数间,粗庇风雨,拟号所居为渌波村,为钓家,而堂以纬萧,庵以和松名,村之外缚芰梁,筑放鸭亭,盖踌躇数年于兹矣。顾宦游四方,仅托诸梦想,暇日为《西陂杂咏》,属和者累累,更乞虞山王翚写为图,装而藏之箧中,俟异日归老补葺焉。”这篇《西陂杂咏并序》作于康熙二十五年,当时西陂六景包括另三景“渌波村”、“钓家”、“和松庵”,只是宋荦的设想,尽管王翚已绘图,还是空中楼阁,他就请人制"西陂珍赏之墨",今存"纬萧草堂"一笏,曾为张子高先生收藏。至康熙三十年,宋荦在江西巡抚任上,又让钱介维回乡时请人制"西陂六景墨",《西陂类稿》卷十一《漫堂草》有《送介维还歙兼寄靳熊封》一首,诗云:"枫叶飘萧动夕吹,送君南浦意凄其。小留黄篾鸥边舫,共吸清光月下卮。求研那辞开古井(相传歙研出狱中古井者佳),捣烟须为寄西陂(托介维制西陂墨)。雁堂令尹如相问,报道残年只办诗。"钱介维回歙后,是否向制墨名家定制"西陂六景墨",无可得知,很有可能的是,这套"后园六景诗墨"就是由钱介维请吴守默所制的,而用现成的西陂六景印分别仿制在墨上。这样做,既反映了宋荦的心情(那抚署后园也是他内心深处的西陂),也扩大了西陂在士人中的影响。

二〇〇九年六月二十九日

沧浪亭的亭联

康熙三十四年,宋荦重修沧浪亭,当然也将那具有象征意义的亭子建了起来,他在《重修沧浪亭记》里说:"构亭于山之巅,得文衡山隶书'沧浪亭'三字揭诸楣,复旧观也。"本来亭子在水边,新亭建于山坡之上，自然不能说“复旧观”了，至于文徵明隶书“沧浪亭”三字，也不知从哪里复制来的。这且不去管他，宋荦并没有谈到那亭子里是否有楹联。

偶读王士禛《居易录》，卷二十八说：“苏子美沧浪亭，取予送尤太史展成（侗）诗句作亭联，云：‘戏鱼明镜阔，乔木古亭深。’俾予作亭记，其好事如此。”王士禛原诗题为《赋得沧浪亭送尤悔庵检讨》，收入《渔洋续诗集》卷十六《癸亥京集》，诗云：“平生爱苏子，高唱沧浪吟。苏子去已久，沧浪清至今。戏鱼明镜阔（见子美集《沧浪观鱼》诗），乔木古亭深（见欧公《沧浪亭》诗）。送尔濯缨曲，知予濠濮心。”可见亭子落成后有过一副楹联，乃是从王士禛诗里截取来的。

据《渔洋山人自撰年谱》卷下康熙二十二年癸亥下记道：“是年，盛侍御珍示裒集辛亥迄癸亥之诗共十六卷，重为编次，曰《京集》，曰《蜀集》，曰《家集》，合为《渔洋续集》，属常熟黄子鸿（仪）书之。明年，刻之吴中。”可见《渔洋续诗集》是将康熙十年至二十二年的诗作汇为编，这首《赋得沧浪亭送尤悔庵检讨》即是康熙二十二年所作。那年宋荦以刑部郎中授直隶通永道，距他任江苏巡抚后重修沧浪亭还有十二年。因此，当沧浪亭落成后，尤侗从这首诗里摘出这两句来作为亭联，王士禛自然感到好笑，认为“好事如此”了。

这副“戏鱼明镜阔，乔木古亭深”的亭联，不知毁于何时，在其他文献中也未见记载。至道光七年，江苏巡抚陶澍、江苏布政使梁章钜重修沧浪亭后，有过重拟亭联的想法，不少好事者也纷纷撰作。梁章钜在《楹联丛话》卷六里说：“余藩吴时，复加修治，增设台榭，蔚为大观。好事者合献楹联，而惬心贵当者实少。齐梅麓太守(彦槐)一联云：‘四万青钱，明月清风今有价；一双白璧，诗人名将古无俦。’盖前祠苏长史，后祠韩蕲王也，可称稳切，而‘一双白璧’字，究嫌妆点。余因辑《沧浪亭志》得集句一联云：‘清风明月本无价，近水遥山皆有情。’上系欧阳文忠句，下系苏长史句，皆沧浪亭本事也。然屡书皆不工，故此联迄今未悬挂。”说得很明白，撰联虽多，却没有“惬心贵当”之作，而梁章钜自己集联一副，虽然还算满意，却写得不如意，也就只好付之阙如。

至同治十二年，江苏巡抚张树声重修沧浪亭后，那亭子里就有楹联了。光绪元年有佚名者来游，他在《游沧浪亭记》里就说：“山上有四角石亭，上刻‘沧浪亭’三字，柱上句云：‘清风明月本无价，近水远山俱有情。’”下联有一字之误，当是佚名者误记。可见用的还是梁章钜的集联，上联出欧阳修《沧浪亭》中的“清风明月本无价,可惜只卖四万钱”,下联出苏舜钦《过苏州》中的“绿杨白鹭俱自得,近水远山皆有情”。亭额为俞樾所书,刻于亭北石楣之上,亭联书者阙名,刻于亭北两石柱上,至今仍在。

二〇〇九年六月三十日

陈楫《虎阜十二景图册》

陈楫，明嘉兴府海盐县人，字济之，号莱山，一作来山，生平仅见《槜李诗系》卷十三小传，称其乃“嘉隆间文学，流寓梁溪。诗见《皇明诗统》”。《槜李诗系》仅录《宿金山海潮轩送陈贞父》一首。其声名之不彰、事迹之无多，庶几可知。

上海博物馆藏陈楫《虎阜十二景图册》，乃梅景书屋旧藏，首页有吴湖帆题字“明陈济之画虎阜十二景，吴县吴氏梅景书屋珍藏乡邦文物”。凡十二幅，纸本，横二十八点五厘米，纵二十六点三厘米，依次是憨憨泉、真娘墓、试剑石、剑池、白莲池、生公台、点头石、养鹤涧、陆羽泉、繇余冢、可月亭、翻经台。就画论画，几乎没有实景的描绘，大凡取意而已，平淡古雅，作笔墨趣味的追求。关于陈楫善画的记载，古今画史都付阙如。

这本《虎阜十二景图册》，其实是《云岩佳胜图册》的残存。《石渠宝笈》卷四十一著录：“明陈楫《云岩佳胜图》一册（次等宇一），素笺本，分段画虎丘胜迹。凡十八幅，第十幅、第十二幅墨画，馀俱着色画。每幅自书标题，第一幅憨憨泉，款题云：‘偶来秋寺中，逢僧暮山里。借问憨憨泉，其如八功水。陈楫。'左副页有王叔承、朱朝贞题句二。第二幅试剑石，款题云：'客来秋叶寺，山傍野僧门。径有秦时石，青苔裂剑痕。'左副页有王叔承、陈冠题句二。第三幅千人石，款题云：'台前一片石，听法坐千人。花落无人扫，莓苔春复春。莱山。'左副页有王叔承、朱朝贞题句二。第四幅养鹤涧，款题云：'道士餐霞人，形神寄寥廓。凿涧引流泉，开笼舞双鹤。'左副页有王叔承、朱朝贞、王世贞诸题句。第五幅剑池，款题云：'宝剑沉寒潭，光芒射牛斗。风雨忽西来，夜半蛟龙吼。'左副页有王叔承、王世贞题句二，又题句一，未署名。第六幅辘轳井，左副页款题云：'层崖驾石梁，青天坠星影。断续辘轳声，谁汲鸳鸯井。'前有王叔承题句一，后有朱朝贞题句一。第七幅可月亭，款题云：'夜深山寂寥，亭空海云净。满地碧梧阴，中天月如镜。楫。'左副页有王叔承、朱朝贞题句二。第八幅生公台，款题云：'空台倚碧山，群石列如座。片片落花飞，时时啼鸟过。陈楫。'左副页有王叔承、朱朝贞题句二。第九幅点头石，款题云：'生公说法时，天花雨空碧。落莫秋山中，犹存点头石。陈楫。'左副页有王叔承、陈冠、朱朝贞诸题句。第十幅白莲池，款题云：'池水秋来净，荷花雨后新。可怜波上影，不染色中尘。楫。'左副页有王叔承、王世贞题句二。第十一幅翻经台，款题云：‘竹深馀晚照，山静隔尘樊。白马西来字，闲将石上翻。莱山楫。’左副页有王叔承、朱朝贞题句二。第十二幅陆羽泉，款题云：‘春茗云中碧，寒泉石上青。借眠山寺榻，疏雨著茶经。莱山陈楫写。’左副页有王叔承、朱朝贞、王世贞诸题句。第十三幅琴台，款题云：‘荒庭四壁苔，径僻无行迹。何年短簿祠，下有横琴石。陈楫。’左副页有王叔承、朱朝贞题句二。第十四幅铁花岩，款题云：‘绝壁青如铁，岩花绣紫苔。夕阳松影下，僧舍石边开。莱山人楫。’左副页有王叔承、朱朝贞题句二。第十五幅梅花楼，款题云：‘山接支硎近，楼当岞崿斜。月明春酒熟，留客醉梅花。莱山。’左副页有王叔承、朱朝贞题句二。第十六幅繇余冢，款题云：‘错落一古松，如龙乱飞去。深草没高陵，繇余藏骨处。莱山。’左副页有王叔承、朱朝贞题句二。第十七幅千顷云，款题云：‘青山吐白云，倏忽数千顷。恍踏香炉巅，寒生葛衣冷。莱山楫。’左副页有王叔承、朱朝贞题句二。第十八幅真娘墓，款题云：‘春草摇罗带，梨花澹玉颜。芳魂应不散，尝在月中还。楫。’左副页有王叔承题句一，又王锡爵跋一。前副页文嘉着色画虎丘全图，款识云：‘隆庆戊辰夏日五峰文伯仁写。’又前副页王问书‘云岩佳胜’四大字。”

两册的题诗和款识完全相同，惟《虎阜十二景图册》比《云岩佳胜图册》缺千人石、辘轳井、琴台、铁花岩、梅花楼、千顷云六幅,并缺全部副页,以及册前的文嘉虎丘全图和王问“云岩佳胜”四字。据此推断,《虎阜十二景图册》乃由《云岩佳胜图册》分裂而成,也有可能是将《云岩佳胜图册》的残页重新装裱成帙,总之只是《云岩佳胜图册》的一部分。

从《石渠宝笈》的著录来看,王叔承在十八幅的副页上都有题句,由此可考他与陈楫的关系。叔承字承父,苏州府吴江县人,少弃举业,纵游天下,尝为赵康王、李春芳客,与王世贞兄弟、王锡爵交谊笃好。《明史·王穉登传》说:“嘉隆万历间,布衣山人以诗名者十数,俞允文、王叔承、沈明臣辈尤为世所称。”王叔承著作今存《潇湘编》、《宫词》等。《槜李诗系》卷四十录其《入越观潮同陈济之诸子石门雨宿》,《御选明诗》卷九十八录其《答陈济之雪中见寄》、《济之怪余久归赋杂言解嘲二首》,均与陈楫有关。由此看来,陈楫是由于王叔承的关系,得以邀请王世贞、王锡爵、王问、文嘉等在这本册页上题句、题跋、题签、题画。这种邀誉手段,旨在提高书画价值,提升作者地位,就陈楫而言,也不例外。

二〇一二年十二月二十五日

文徵明与拙政园图

拙政园在苏州城内东北隅，坐落临顿桥东、大弘寺西，旧属长洲县，占地二百馀亩，前临迎春坊巷（今东北街），初建主人王献臣。

王献臣，生卒年无考，字敬止，号槐雨，直隶吴县人，隶籍锦衣卫镇抚司，属匠籍。献臣弱冠，就受到太子洗马梁储的器重，邵宝《送太子洗马梁公使安南序》就说："侍御王公敬止，公所举士也。"弘治六年举进士，授行人。弘治八年奉命出使朝鲜，程敏政《送行人王君使朝鲜序》记道："弘治乙卯春三月，礼部言朝鲜之有事也，宜遣一行人往致礼于其国，诏可。惟时行人王君献臣实受命以行。"且谓"敬止少年，伟丰仪，妙词翰，选于众而使远外，名一旦闻九重，临遣之日，赐一品服，视他使为荣"。邵宝有诗《王敬止使朝鲜卷》，顾清也有诗《送王敬止使朝鲜》。未久，擢御史，以执法严明、刚正不阿著名。张廷玉等撰《明史》卷五十五记道："安远侯柳景以罪废，夤缘复爵，更请朝参。献臣极言不可。寻上言京畿四方之本，四裔贡使，往来驿骚，奸人又以民产献勋戚,漕运达通州,监督内臣需索百端,致亏正额,皆弊之大者。大同巡边还,言自威远失利,士无战心,今复令修筑边垣,岂胜畚锸劳,宜量修要害,悉罢其馀。且亟正诸将姚信、陈广闭营避寇及马昇、王杲、秦恭丧师罪,悉捐大同、延绥旱伤逋赋,以宽军民。帝多从之。”弘治十五年又巡按辽东,“寻出按辽东,分守中官刘泰贪纵,献臣劾奏之”。以此而得罪东厂,以“尝令部卒导从游山”等细故,“征下诏狱,罪当输赎,特命杖三十,谪上杭丞”。献臣谪长汀府上杭县丞在弘治十六年,赴任前曾回苏州,杨循吉《送侍御王君过乡之上杭诗序》说:“既而以他罪左迁闽之上杭。上杭,内地也,道由于苏,苏又父母邦也,故倚舟而信宿焉。”文徵明《送侍御王君左迁上杭丞叙》也说:“君将赴上杭,取道还吴,吴缝掖之士,聚诗为赠,而推叙于某。因叙君之所以得罪之故,而复推本其所存如此。”献臣在上杭任上,治绩卓然,民国《上杭县志》卷三十三称其“弘治十六年以御史谪任县丞,居官廉介而勤敏,不以谪故自放,亦绝不立崖岸,与知县马淳同心咨议,造文峰塔,建际留仓,修城隍庙,以及桥梁道路,应平治者,百废俱举。时以其暇进诸生讲艺,娓娓不休,听者忘倦”。

弘治十七年,献臣又以张天祥事被东厂逮至北京。因献臣在巡按辽东时,曾查办辽东都指挥佥事张天祥杀人冒功一案,天祥毙于狱，其叔父张洪屡次上书讼冤，孝宗密令东厂复查，还奏所勘皆诬，孝宗信之，尽反前狱。此案的经办人都受到处分，献臣谪广东驿丞，时已弘治十八年。张廷玉等撰《明史》卷一百八十说："孝宗励精图治，委任大臣，中官势稍绌，而张天祥及满仓儿事皆发自东厂，廷议犹为所挠云。"献臣贬所，乃琼州府崖州都许驿，王宠《拙政园赋序》称其"谪上杭丞，再丞崖之都许驿"。杨正泰《明代驿站考》记道："都许驿，属琼州府崖州。隆庆元年革。在今海南崖县境，疑在荔枝沟。"沈周有诗《和林郡侯送王敬止赴任琼州韵》、《送王敬止谪琼州》，顾清有《送王敬止赴岭南序》。

武宗立，献臣迁温州府永嘉知县，李东阳《永嘉县学奎光阁记》和光绪《永嘉县志》卷九《秩官志》均记是正德元年，乾隆《温州府志》卷十七《职官》则记是正德二年。文徵明有诗赠之，见汪砢玉《珊瑚网》卷十五著录："曾携书册住东瓯，此日因君忆旧游。落日乱山斜带郭，碧天新水静涵洲。从知地胜身如隐，近说官清岁有秋。西北浮云应在念，乘间一上谢公楼。右赠槐雨先生。文壁。"献臣在永嘉任上，在县学大成殿后创建奎光阁，上薄云烟，俯视江海，尽一郡之胜。李东阳《永嘉县学奎光阁记》说："侯之功有不敢忘者，宜其仕以名进士，其为监察御史执法尽职，谪远方末职以荐拔今官，其为政多可称述，非兹事止也。"

据《广东通志》卷二十七记载，献臣于正德五年迁高州府通判。同年，父王瑾卒，献臣丁忧回苏州。献臣父母因子而得封，顾清《双寿图序》记道："王君敬止为御史三年，书最于铨司，上为封其父盟竹翁瑾为文林郎广东道监察御史，母宋氏为孺人，时翁年六十有八，宋孺人年六十，皆强健聪明，克永天庆，柽居杜堇，侈君之能显其亲也，乃拂绢素为之作双寿之图。"献臣迁永嘉知县后，迎养双亲，李东阳《王永嘉献臣恩养堂，王自御史谪海南，以诏例，量移今职》诗曰："曾是中台执法臣，亲从天上捧丝纶。一身去国将三载，万里还家有二亲。手种椿萱堪比寿，岁供鱼笋未为贫。河阳县里花无数，只得东风一半春。"徐祯卿也有诗《王敬止御史始窜海南，继移永嘉令，自燕中迎亲就养》。未久，献臣父母归居苏州，父卒于家，文徵明《王氏敕命碑阴记》记道："封监察御史王公瑾，受命之十年，正德庚午卒于吴门里第，又三年葬阳山大石坞，于是其子高州府通判献臣奉公所受制词，勒石墓道。"献臣守丧三年，期满不再复出。嘉靖十二年，文徵明《王氏拙政园记》说："而君甫及强仕，即解官家处，所谓筑室种树，灌园鬻蔬，逍遥自得，享闲居之乐者，二十年于此矣。"嘉靖十八年，献臣《拙政园图咏跋》也说："罢官归，乃日课僮仆，除秽植楥，饭牛酤乳，荷锸抱瓮，业种艺以供朝夕、竢伏腊，积久而园始成，其中室庐台榭，草草苟完而已，采古言即近事以为名。献臣非往湖山、赴庆吊，虽寒暑风雨，未尝一日去，屏气养拙几三十年。”（刘敦桢《苏州古典园林》引）由此可见，献臣起造拙政园，当在父母自永嘉归居苏州后，约正德三年或四年。

文徵明与献臣相识，乃在弘治六年献臣举进士前，徵明《送侍御王君左迁上杭丞叙》记道：“往岁先君以书问士于检讨南屏潘公，公报曰：‘有王君敬止者，奇士也，是故吴人。’他日还吴，某以潘公之故，获缔好焉。及君以行人迁监察御史，先君谓某曰：‘王君有志用世，其不能免乎？’”因潘辰向文林推举献臣为“奇士”，两人又因潘辰之介而相识，故徵明将彼此视作通家，《王氏敕命碑阴记》就说：“某与公通家，目睹其盛，敢遂论次其语，列诸石阴。”正因为有如此渊源，徵明曾为献臣子锡麟起字公振，《王锡麟字词》说：“侍御王君敬止，尝被麟服之赐，名其子为锡麟，昭君恩也。锡麟既冠，余字之公振，而申之以词。”弘治十六年，徵明为献臣书扇，有诗《书王侍御敬止扇》，并题所藏赵雍画马，有诗《又题敬止所藏仲穆马图》。正德三年，观献臣藏赵孟頫书《烟江叠嶂歌》，沈周已于昨年补图一幅，徵明又为献臣补图一幅。郁逢庆《书画题跋记》卷七记道：“文衡山又补一图，沉绿着色，绝似大米，长二丈许。前作楷书云：‘正德戊辰春三月廿日，衡山文壁观槐雨先生所藏松雪翁书,因补此图。”三十八年后的嘉靖二十四年,徵明重观这幅《烟江叠嶂图》后有题,《书画题跋记》卷七记道:“后重行草题云:‘嘉靖乙巳腊月,重观于玉磬山房,回首戊辰,已三十八年矣,抚卷慨然。徵明。”李日华《味水轩日记》卷二有关于此图的记录:“后有沈石田、文衡山二图。衡山纯用元晖染法,风韵较胜。”同年,徵明又为献臣跋所藏蔡襄《龙茶录》,作《龙茶录考》,有曰:“盖此书尤当时所贵,尝刻石传世。数百年来,石本已不易得,况真迹乎。侍御王君敬止不知何缘得此,间以示余,盖希代之珍也。”张丑《清河书画舫》卷七记道:“蔡君谟《茶录》真迹一卷,原系王敬止故物,后入严分宜家。小楷精谨,纸墨如新,故文徵仲太史极称赏之。北宋四名家书法,君谟称首,此真可宝者矣。”

自正德九年起,文徵明始有诗记献臣之园池,是年春作《饮王敬止园池》,诗曰:“篱落青红径路斜,叩门欣得野人家。东来渐觉无车马,春去依然有物华。坐爱名园依绿水,还怜乳燕蹴飞花。淹留未怪归来晚,缺月纤纤映白沙。”正德十年作《次韵王敬止秋池晚兴》,诗曰:“竹色雨馀净,孤花及秋荣。方池带高柳,落日寒蜩鸣。临流忽有会,仰见西山明。逝鸟敛归翼,白云生远情。怀人不可即,樽酒谁共倾。芙蓉被曲渚,欲折已愁生。”正德十二年作《寄王敬止》，诗曰："流尘六月正荒荒，拙政园中日自长。小草闲临青李帖，孤花静对绿阴堂。遥知积雨池塘满，谁共清风阁道凉。一事不经心似水，直输元亮号羲皇。"拙政园之名始见于此年。周道振等纂《文徵明年谱》引《明清藏书家尺牍》，有都穆致献臣一札，有曰："府学前有南园，乃五代钱氏故地，后为苏沧浪所居，名著吴中。执事之园，当名'小南园'，以续沧浪故事如何？侍生穆再拜槐雨先生尊契兄。"可见献臣园成后，曾问园名于吴中诸名士，惟不知拙政园之名为谁所题。正德十四年，徵明作《新正二日冒雪访王敬止，登梦隐楼，留饮竟日》，诗曰："开门春雪满街头，短履冲寒觅子猷。逸兴未阑须见面，高情不浅更登楼。银盘错落青丝菜，玉爵淋漓紫绮裘。起舞不知天早暮，醉看琼阙上帘钩。"

嘉靖六年，徵明南归，同年即有《王槐雨邀泛新舟，遂登虎丘，纪游十二绝》。嘉靖七年，徵明绘《槐雨园亭图》。嘉靖八年秋，徵明饮于拙政园，有《席上次王敬止》，诗曰："高士名园万竹中，远开别径着衰翁。倚楼山色当书案，临水飞花拂钓筒。老去不知官爵好，相遇惟愿岁年丰。秋来白发多幽事，一缕茶烟飏晚风。"嘉靖十年，文徵明作《拙政园诗三十咏》，题园中三十景。嘉靖十一年，徵明过拙政园，为临苏轼《洋州园池诗》，今存墨迹《明文衡山临东坡洋州园池诗卷》，徵明题曰：“右东坡《洋州园池诗》，旧有石刻传于世矣，余少时喜效诸家法帖，尝临此本数过。每恨天资所限，殊不得其肯綮。今日偶过槐雨先生拙政园，道及坡翁寄题与可之作，因出佳纸，遂命余录此。第愧区区笔法未精，是亦捧其心而颦于里也。嘉靖壬辰三月六日，徵明识。”嘉庆十二年，徵明为献臣撰《王氏拙政园记》，并作《拙政图三十一景册》，前已有三十景诗，至此补玉泉一景，一一绘图，凡三十一景。嘉靖三十年，徵明又作《拙政园十二景册》。至嘉靖三十七年，徵明已垂垂老矣，仍作《拙政名园图卷》，并重抄《拙政园记》。

文徵明与王献臣的交游，大略如上。

王献臣除文徵明、杨循吉、徐祯卿外，与吴中其他名士也有交往。如沈周，正德二年为献臣所藏赵孟頫书《烟江叠嶂歌》补图一幅，郁逢庆《书画题跋记》卷七记道：“沈石田翁见而补图，长丈馀，水墨变幻，实公之得意笔。后书‘正德丁卯，八十一翁沈周识’。”正德四年又为献臣作《吴山越水图》，汪砢玉《珊瑚网》卷三十八著录《沈启南吴山越水二大幅》，记沈周诗款，其中一幅题曰：“记别钱塘二十年，夕阳山色晚潮边。隔江千里美人远，梦落西兴旧渡船。旧游钱塘观潮已二十馀年，今老矣，每老睇如梦，即兴作此，奉寄槐雨先生，以寓远人之思。沈周。”如唐寅，曾为献臣作《西畴图》，其《西畴图为王侍御作》诗曰："铁冠仙史隐城隅，西近平畴宅一区。准例公田多种秫，不教诗兴败催租。秋成烂煮长腰米，春作先驱丫髻奴。鼓腹年年歌帝力，不须祈谷幸操壶。"如仇英，嘉靖十一年为作《园居图卷》，今藏台北故宫博物院，卷后王宠跋曰："'杜韦天尺五，归卧海东偏。玉麈开莲社，金貂贳酒钱。园居凭水竹，林观俯山川。竟日云霞逐，冥心入太玄。''共有王猷好，同酣修竹林。山光云几净，水色画堂侵。断续冬花吐，玲珑好鸟吟。辋川如有待，那得恋朝簪。'此二作，余为王敬止先生题其园居诗也。今请仇实甫画史绘为小卷，敬止暇中出示命书，漫录于后。时嘉靖壬辰夏四月六日，雅宜山人王宠识。"王宠《王侍御敬止园林四首》，除嘉靖七年题文徵明《槐雨园亭图》一首，跋仇英《园居图》引两首外，另一首曰："即事罕人力，林居常晏然。天青云自媚，沙白鸟相鲜。徙倚随忘返，风光各可怜。洞中淹日月，人世玩推迁。"又有《寄王侍御敬止，侍御吴人，产于燕，尝使朝鲜，赐麟服，后以直道谪崖州，今老于吴》，诗曰："宫袍错落紫麒麟，曾是先皇侍从臣。海外文章传谏草，天南魑魅识星辰。荆蛮流寓真吾土，燕赵悲歌见古人。绿水名园春更好，挈壶花下伴垂纶。"另又作《拙政园赋》，前序有曰："公疏朗峻洁，博学能文辞，论事踔发。当孝宗朝，峨冠簪笔，俨然柱下，有古直臣风。一不当当路意，三投炎海，折翼而下，可畏哉，戒途之难也。公则茫然若遗，逍遥以嬉，乃筑室阖闾之城，背廨市，面水竹，轩芜粪莽，取胜自然，颇爱潘安仁闲居之篇，附于拙者之政，宠遂赋之，以歌厥事焉。”王世贞《弇州四部稿》卷一百三十一著录《三吴楷法》十册，“第七册王履吉《拙政园赋》及诗四章，皆小楷，得锺王笔意，张琴师傅亦类之，其下指极有媚趣，微伤自然耳。退之琴操稍大，兼正行体，意态古雅，风韵遒逸，所谓大巧若拙，书家之上乘也。”另外还有周天球、王穉登等人，《石渠宝笈》卷三著录《明人书扇》十册，第三册“第七幅，楷书，凡五则，第一则七言律诗，款识云：‘夫差庙，辛巳夏日，周天球为敬止先生书。’第二则七言律诗，款识云：‘游张公洞作，癸未三月望日，为敬止世文书，王穉登。’”献臣与流寓苏州的文人亦有往还，如兰溪人方太古有《十五夜饮王敬止园亭》，诗曰：“客子未归天一涯，沧江亭上听新蛙。春风莫漫随人老，吹落来禽千树花。”如莆田人郑岳有《吴门卧病，承同年王敬止枉顾》，诗曰：“药饵扶馀病，江山负赏心。闭门怜独卧，枉驾遇知音。泽国雁声早，吴门秋色深。稍须精力健，同上虎丘岑。”

据文献记载，文徵明曾多次画过拙政园。

《拙政园图轴》，正德八年作。梁章钜《退庵所藏金石书画跋尾》卷十六记道:“文衡山《拙政园轴》,纸本,款署‘正德癸酉秋九月既望,文壁为槐雨先生写拙政园图’。下有白文‘文壁’印。幅上右有王宠楷书题五律一首,下有白文‘王履吉’印。幅下右边有白文‘文仲子’、朱文‘文衡山’两印。右角有朱文‘查莹鉴藏’印。案,此正德癸酉系衡山四十四岁所作。衡山本名壁,时尚未改名徵明也。拙政园在苏州城北,后归蒋氏,名蒋园,今归吴崧圃协揆家,又名吴园。余在苏藩时,欲游而不果,后得恽南田康熙壬戌所作《拙政园图》,乃挟图以游,已与图中情景迥异。此轴又在其前一百六十馀年,不知几经移步换影,更非可以按图而索矣。道光壬寅,余由苏抚任引疾解组,疾稍间,与苏鳌石廷尉步游拙政园,次日王蒙泉郡丞养度携书画数十事来观,中有此轴,因稔余近事,留此为赠,亦游事墨缘之巧合者矣。”此图仅见梁章钜著录,流传无绪,且存佚情况不详。正德八年献臣之园已落成,但尚未有“拙政”之名,故疑为赝作。

《槐雨园亭图轴》,嘉靖七年作,纸本着色,横四十八点五厘米,纵一百二十二厘米,今藏北京故宫博物院。《石渠宝笈》卷三十八记道:“明文徵明《槐雨园亭图》一轴(上等玉十四),素笺本着色。画款题云:‘会心何必在郊坰,近圃分明见远情。流水短桥春草色,槿篱茆屋午鸡声。绝怜人境无车马,信有山林在市城。不负昔贤高隐地，手携书卷课僮耕。嘉靖戊子三月十日，徵明为槐雨先生写并题。'下有'文徵明印'、'徵仲'二印。右方上有王宠题云：'薄暮临青阁，中流荡画桥。人烟纷漠漠，天阙敞寥寥。日月东西观，亭台下上摇。深林见红烛，侧径去迢遥。王宠。'轴高三尺八寸，广一尺五寸。"著录与存者吻合。

《拙政园三十一景册》，又作《拙政园图咏册》等，嘉靖十二年作。徵明《王氏拙政园记》有曰："凡为堂一、楼一，为亭六，轩槛池台坞涧之属二十有三，总三十有一，名曰拙政园。"又曰："徵明漫仕而归，虽踪迹不同于君，而潦倒末杀，略相曹耦。顾不得一亩之宫，以寄其栖佚之志，而独有羡于君。既取其园中景物，悉为赋之，而复为之记。"徵明仅提到撰《王氏拙政园记》和三十一景诗，未及三十一景图之作。今存上海中华书局珂罗版英文本《拙政园图　An Old Chinese Garden》，收有三十一景图，绢本，每开横三十点五厘米，纵二十六点四厘米，对页各系小记并诗一首，正草隶篆，四体俱备。后有小楷《王氏拙政园记》，末署"嘉靖十二年岁在癸巳五月既望，长洲文徵明著"，与《珊瑚网》等著录"癸巳九月既望"者不同。册前钱泳题签"衡山先生三绝册"，俞樾篆书引首"文待诏拙政园图"，后有林庭棉、吴骞、钱泳跋，戴熙画全图并跋，钱杜跋，文鼎临瑶圃一景，张廷济、苏惇元、吴云、何绍基跋。其中与王献臣、文徵明同时代者，惟林庭棉一人，其《题槐雨先生拙政园图咏册》有曰："丁酉秋，归老过吴门，辱旧治士民款留，不忍别，依依然为并州故乡之念。槐雨先生出视此册索题，予方以未及游览斯园为歉然，披诵之馀，则衡山文子之有声画、无声诗两臻其妙，凡山川、花鸟、亭台、泉石之胜，摹写无遗，虽辋川之图，何以逾是，予何言哉。"庭棉系林瀚次子，《明史》卷一百六十三记道："御史王献臣自辽东逮下诏狱，儒士孙伯坚等夤缘为中书舍人，瀚疏争，忤旨，乞罢，不许。"故庭棉题曰："独念先生蚤以名御史揽辔东巡，触忤权奸，逮系诏狱，祸且不可测。时先文安官南铨冢宰，抗章论救，始获从轻典，而槐雨之直声益振海内矣。"所述内容，合若符节。

此册流传情况，至清嘉道间胡尔荥《破铁网》始有著录。因《破铁网》版本不同，文字有异。缪荃孙《藕香零拾》本曰："文衡山《拙政园图》真迹，绢本大册。案园在长洲，故大宏寺基也，林木绝胜，王侍御槐雨以豪势夺之，拓为此园。凡分景三十有二，嘱文待诏一一绘之，画法疏秀，书兼四体。每景序其大略，系以小诗，后附园记，皆《甫田集》所未载，而汪砢玉《珊瑚网》全录之，特缺林庭棉前序一篇，此特有之，诚希世之宝也。是册为桐乡金氏文瑞楼故物，内子自奁具中携归。吴槎客先生曾从予借观，并跋其后，兼录其诗刊于吾乡徐夫人灿《拙政园诗馀》后，盖园于明季为陈素庵相国所有也。顷因无资，已质于友人家，殊可叹耳。”（卷下）自“是册”后，谢国桢钞本曰：“是册向藏桐乡金氏，蕉窗竭力购得之。昔年吴兔床先生曾从蕉窗借观，特跋册尾。因是园明季为吾邑陈素庵相国所得，兔床先生全录图中诗记，作一卷，附刊于徐夫人灿《拙政园词》后。余嘉庆已卯秋始得一观。”吴骞（字槎客，号兔床）之侄吴衡照《莲子居词话》卷四也记道：“徐湘蘋夫人《拙政园词》，清新独绝，为闺阁弁冕，同时如商媚生、朱远山，弗逮也。拙政园始末，详阮葵生《茶馀客话》。余获见文待诏为王御史所作《拙政园图》，设色细谨，笔法纵横变化，极经营惨淡而出之。凡三十有一叶，叶各系以古今体诗，最后有记，皆待诏笔。王宰一生，郑虔三绝，萃于斯矣。图成于御史始创，厥后辗转易主，迨夫人时，花木台榭，已非复从前位置。今辗转屡易，求如夫人时，又不可得，抚是帧为之三叹息也。夫人吴郡旧家，董潮《东皋杂钞》载夫人初归及夫人姊事，出于传闻之误。抑或以相国精子平术，好事者故从而为之辞与？待诏图，今藏吾乡胡尔荥家。”

约光绪间，吴庆坻在《蕉廊脞录》卷七中记道：“文待诏《拙政园图》册子，嘉靖十二年癸巳五月画。图中诸景凡三十有一，曰若墅堂、梦隐楼、繁香坞、倚玉轩、小飞虹、芙蓉隈、小沧浪、志清处、柳隩、意远台、钓砮、水花池、深净亭、待霜亭、听松风处、怡颜处、来禽囿、玫瑰柴、珍李坂、得真亭、蔷薇径、桃花沜、湘筠坞、槐幄、槐雨亭、尔耳轩、芭蕉槛、竹涧、瑶圃、嘉实亭、玉泉。每一景系以一诗，诗有小引，述命名意。诗后，《拙政园记》一首，亦待诏作。园主人王敬止，字槐雨，又字献臣，以御史忤权贵逮系，赦归。卷首有林庭㭿小泉题识(署款曰'太子太保工部尚书恩赐廪舆驰驿致仕')，云：'文子有声画、无声诗，两臻其妙。'又云：'槐雨在诏狱，祸且不测，先文安官南铨冢宰，抗奏论救，始获从轻。'文安论救事见《明史》本传。小泉谥康懿。此图旧藏吴门蒋氏，后归海宁胡豫波，道光间归朱仲青中翰。有吴槎客骞、钱梅溪泳、查仲湛人侯、殷云栖树柏、文后山鼎、程卍伯庆华、苏厚子惇元、项芝生廷绶、顾兰厓翃、钱叔美杜、黄霁青安涛、徐子勉楙、陈登之延恩、张叔未廷济诸人诗跋，何子贞、张子祥、吴平斋诸公题识，最后子贞丈一诗并跋，云：'此册归鄞县蒋君芝舫，则同治乙丑春也。'册面钱梅溪书'衡山先生三绝册'。'文待诏拙政园图'七字，为俞曲园师题。钱题之前，别有戴文节画《拙政园图》一帧(丙申七月)，自题云：'余平生所见文画，无如拙政园之多者，可谓极文之大观。'又云：'予于文画爱之入骨，此偶尔兴发为之，自忘其陋。近时松壶、后山两先生皆深于文者,仲青倘能为予就正,则予于文或可得进步尔。'末署'文衡山私淑弟子戴熙',则文节他画所未有也。"

自吴庆坻著录后,这本册页就失去了踪迹。直到二十世纪二十年代,才有上海中华书局珂罗版《拙政园图 An Old Chinese Garden》的问世。

值得一说的是,文徵明曾多次抄录《王氏拙政园记》及诗,有楷书,也有行书。王世贞《弇州四部稿》卷一百三十一著录《三吴楷法》十册,第六册为文徵明小楷,"其四《拙政园记》及古近体诗三十一首,为王敬止侍御作。侍御费三十,鸡鸣候门而始得之,然是待诏最合作语,亦最得意笔。考其年癸巳,是六十四时笔也"。"癸巳"为嘉靖十二年。汪砢玉《珊瑚网》卷十五著录《衡山书拙政园记并诗长卷》,卞永誉《式古堂书画汇考》卷二十四著录《衡山书拙政园记并诗卷》,实乃一物,卷后徵明跋曰:"右拙作前有行书,已录似槐雨先生矣。先生因画乌丝精绝,命再书小楷一过,务欲尽其丑也。甲午春二月望,衡山居士文徵明题。""甲午"为嘉靖十三年。《珊瑚网》卷二十二记《严氏书品册叶目》中也有"拙政园十二篇"。顾复《平生壮观》卷五记道:"《拙政园记》一篇,诗三十一首,题园中三十一景,小楷,为王槐雨作。题园中十二图，则中行书也。”苏州博物馆藏吴敦临摹文徵明书《王氏拙政园记》并诗，跋曰：“此卷为停云馆主神妙之品，书奉拙政园主人槐雨王君者也。前则园记及诗，写作并皆佳妙；后附数札，尽态极妍。平阳外舅知余素嗜临摹，携以见示，如贫儿得宝，喜极欲狂，心追手模，迎月而就。虽不克得其神髓，未免遗笑捧心，而举墨工夫，非草草临池者比，具眼以为何如。识中尚有行书卷一册，不识藏于何处，如合而珍之，斯为全璧，惜哉其不遘也。道光二十八年戊申六月既望，吴中吴敦临并识。”凡著录者，或小楷，或行书，均与今存《拙政园三十一景册》的四体皆备不合。因朱仲青曾藏《拙政园三十一景册》，故道光年间所刊《海昌朱氏康肇簠斋刻拙政园诗文帖》，就取诸这本册页，有《王氏拙政园记》及二十二景诗，凡篆隶书者未刻，后有陈鸿寿、项廷绶、钱杜、戴熙、朱芬等跋。

继《拙政园三十一景册》后，徵明又有《拙政园十二景册》，嘉靖三十年作，槐幄一景诗后署款“辛亥秋九月廿日，徵明书”。张丑《清河书画舫》卷十二记道：“徵仲太史《拙政园图》一册，计十二帧，精细古雅，为敬止侍御作。今在顾氏。”今藏美国纽约大都会艺术博物馆，存诗图各八幅。高居翰(James Cahill)等《不朽的林泉》说：“对拙政园刻画最细致的无疑是三十一景图，但艺术成就更高的却要属后来的十二景图。嘉靖三十年,文徵明从三十一景中选出十二景,重新绘成《拙政园十二景》,并将对应的十二首诗用行书抄录在对页上。这十二景都脱胎自三十一景,就像后者的精华版,在经过润色加工后显得更为精雅。"由于诗图对裱有误,高居翰等作了纠正,或存或阙,适相对应,并说:"我们基本已经可以正确判断现存八幅册页和八页题诗:来禽囿、钓碧、槐幄、玉泉、繁香坞五景,诗和图都在;小飞虹、若墅堂、倚玉轩三景,只剩下图,诗已佚失;小沧浪、湘筠坞、芭蕉槛三景,只剩下诗,图已不存。这样便有了十一景。此外,顾复《平生壮观》卷十中提到过这套册页:'《拙政园图》,十二册,绛色绢本。方不盈尺,行书题对。虽不离本色,亦妙,其待霜、来禽更妙。'来禽囿我们前面已经见过,加上待霜亭,恰好是十二景。"

嘉靖三十七年,徵明八十九岁,又作《拙政名园图卷》。近人秦潜《曝画纪馀》卷一著录:"绢本设色,卷高七寸半,长两尺一寸。卷额署'拙政名园'四大字,隶书,下写'三桥并书',押有阳文'文彭之印'图章。园之山石尽傅青绿,备极工细。右下角土坡上垂柳密排,一湾流水绕其前。迤左,草树环堤,湖石一叠,玲珑剔透,濒湖耸立。更左,则小池一方,莲花净植,前为丛竹、松槐、桐柏之属。树隙间露书屋两三楹,池后则有茅亭远树。屋左为桥，桥通隔堤，桥上三人迤逦而行。河之彼岸，又有敞轩一所，旁植垂柳一株也。至图之上部，由右而左，碧山作三四起伏。山后重重叠叠，尽是远峰，不可计数。左上端于杂树后面奇峰陡起，两侧凸而中凹，凹处有石梁跨之，瀑布奔流，恰落涧中也。”图次纸本，徵明重抄《王氏拙政园记》，徵明跋曰：“槐雨先生所建拙政园，精妙过于华丽，索余图记，不觉经五年矣。余朽迈，有疏细楷笔墨，勉为此图书记，恐不足尽形妙端耳。嘉靖三十七年丙戌望后，长洲文徵明，时年八十有九。”此卷道同间为无锡秦炳文所藏，秦潜乃炳文曾孙，当据实著录，惟今已不传，真伪也难以考论。

今年正值文徵明《拙政园三十一景册》问世四百八十周年，将上海中华书局珂罗版《拙政园图　An Old Chinese Garden》重新影印出版，正是最好的纪念。《拙政园图　An Old Chinese Garden》，由英国人凯特·卡碧(Kate Kerby)夫人编辑并作解说，“An Old Chinese Garden”，意谓“古老的中国庭园”。菲利普·卡碧(Phild Kerby)撰写绪言，菲利普·卡碧系编者之子，因扉页题有“To My Son Philip Kerby The Source of All My Happiness and Inspiration”，意谓“为了我的儿子菲利普·卡碧，我所有幸福和灵感的源泉”。此书蓝色丝绒封面，内页尺寸，横二十八点二厘米,纵三十一点六厘米。惜未有出版年月的记录,惟其中附印一封给编者的信,寄自香港,写作日期是“8 December 1922”,故当印于一九二二年后。据吴庆坻《蕉廊脞录》著录,这本册页上的题跋很多,但编者只选印了其中的一部分,已不得窥豹全斑了。

二〇一三年十二月十九日

吴门风流牡丹头

我对旧时日常生活，向来很有兴趣，闲来翻书，时不时就有吸引自己的地方。李渔《风筝误》第十八出《艰配》，说貌丑而色急的爱娟，准备去戚家相亲，好好作了一番梳妆打扮，上场道："旋卖街头髭，妆成额上鬌；时兴宝髻人人羡，预梳个凤冠头，好嫁状元。"乳媪见了说："媒妁赶来身似箭，状元骑出马如飞。小姐梳妆完了，这是近来新兴的牡丹头，好看，好看。一定相得中了，快上楼去等。"她们上楼后，有人说："这个小姐，面貌虽然有限，头却梳得时兴。"但也有人说："呀！都似这般样的时兴宝髻呵，倒不如那鬅鬅头短发如毡！似这等愈奇愈出不如前，那些个食蔗后来鲜，好教人呕涎。"

爱娟本是无盐之貌，再怎样打扮，总不会好到哪里去，"好教人呕涎"，自然是很不堪的。但就一般情形来说，"七分妆三分颜面"，如果妆饰得恰如其分，多少能借占一点。古代女子妆饰，重在头面，发型则是一个明显标志，袁学澜《吴俗讽喻诗》有一首《时世妆》，就揭示出它的重要性，诗云："雀钗晓晃安金钿，时世新妆头上见。镜里春容面面娇，花丛游客见魂消。衣衫百蝶裙百褶，画舫青楼日相集。一鬟五百两鬟千，缠头散尽歌舞筵。龋齿笑折柳腰步，城中高髻四方慕。翻新花样原无据，今时只重妓家妆，缟衣綦巾人不愿。”苏州有俗话说：“风头风头，风在头上；蹩脚蹩脚，蹩在脚上。”凡妓女妆饰，总是一个时代最典型、最时髦的，风头固在头上，至今没有人考证过“缠头”一词的由来，或许就与头面有关，用妆饰头面的用度，来代替嫖资，就既贴切又委婉，合乎人情物理。

牡丹头确实是李渔时代女子的时尚发型。明清人咏唱“美人头”、“美人发”的篇什很多，尤其在倚声里是个常见的主题。按《风筝误》，牡丹头是“时兴宝髻”，乃高髻的一种。从文献记载来看，高髻发展到明清时期，有牡丹头、荷花头、钵盂头、挑心髻、挑尖顶髻、鹅胆心髻、一窝丝等种种样式，并没有标本，有的稍加变化，就换了个名字。恕我浅陋，实在也说不出它们各自的特点。从时尚趋势来说，这时的高髻，高度上较以前稍有收敛，显得更其自然，有云髻烟鬟之致，并讲究柔和光亮，如石庞《捣练子·美人头》曰：“云髻溜，凤钗轻。髻溜钗轻百媚情。滑眼青丝油滴滴，不知何处跕苍蝇。”徐石麒《沁园春·美人发》曰：“螓首堆春，鬒鬌天然，巫云一缭。似乌丝未综，支机方理，玄蚕出浴，分茧初缫。鬟不容膏。滑难留栉,岂待桃花插后娇。”且认为,高髻的时兴超过垂髻,“新妆巧,任惊鸦堕马,伎尽终朝”。

牡丹头起源于苏州,云鬓蓬松,更添妩媚的风韵。据高春明《中国服饰名物考》,它的梳法是将头发掠至顶部,用一根丝带或发箍将其扎紧,然后将头发分成数股,每股单独上卷,卷至顶心,再用发簪绾住。有的故意掺入假发,以扩大发髻的面积。这种发髻梳成后,犹如盛开的牡丹,每股弯曲的卷发,就像是花瓣,因此称为牡丹头。娄东吴伟业《南乡子·牡丹头》曰:“高耸翠云寒。时世新妆唤牡丹。岂是玉楼春宴罢,金盘。头上花枝斗合欢。　　著意画烟鬟。用尽玄都墨丸。不信洛阳千万种,争看。魏紫姚黄总一般。”又有《望江南》曰:“江南好,闹扫斗新妆。鸦色三盘安钿翠,云鬟一尺压蛾黄。花让牡丹王。”番禺屈大均《天仙子》曰:“双鬓但将蝴蝶赛。露花油好嫌香大。吴阊学得牡丹头,钗不戴。珠不爱。只有一枝兰作态。”武进陈玉璂《西地锦·牡丹髻》亦曰:“折得牡丹频玩。对掠鸾台畔。养娘来说,小鬟争道,比旧时浮渲。　　一日功夫抛半。手为生疏颤。蝉纱薄裹,宝钗微卸,蓦地云容换。”由此看来,牡丹头作为一种妆饰风尚,很快向各地传播开去。

牡丹头最早起于何时,今已难以稽考,但它开始普遍流行,当不晚于崇祯年间，董含《三冈识略》卷十《三吴风俗十六则》说："余为诸生时，见妇人梳发高三寸许，号为新样。年来渐高至六七寸，蓬松光润，谓之牡丹头，皆用假发衬垫，其重至不可举首。"叶梦珠《阅世编》虽未直言"牡丹头"，但记述情形宛然，卷八说："崇祯之间，始为松鬓扁髻，发际高卷，虚朗可数，临风栩栩，以为雅丽。""然高卷之发，变而圆如覆盆，蝉鬓轻盈，后施缎尾，较美于昔年。"他提到的"圆如覆盆"之式，正是牡丹头的一种变化，即所谓钵盂头。

当时，牡丹头等发型很流行，成为一个时尚概念，李渔就有意开了一个玩笑，他在《闲情偶寄·声容部》里说："窃怪今之所谓牡丹头、荷花头、钵盂头，种种新式，非不穷新极异，令人改观。然于当然应有形色相类之义，则一无取焉。人之一身，手可生花，江淹之彩笔是也；舌可生花，如来之广长是也；头则未见其生花，生之自今日始。此言不当然而然也。发上虽有簪花之义，未有以头为花，而身为蒂者。钵盂乃盛饭之器，未有倒贮活人之首，而作覆盆之象者。此皆事所未闻，闻之自今日始。此言不应有而有也。"如果当时牡丹头等概念不在民间广泛流行，李渔的话就成了无本之木，更不会将它写到《风筝误》里去。

自清初至嘉庆，牡丹头确是女子发型的时尚，这在苏州乾隆朝刻印的木版年画上每每可见，如《天仙送子图》、《美人读书图》、《双美宠狗图》、《状元游街图》等，画中女子均梳牡丹头。另外，华嵒《抱瑟仕女图》的画中人，也梳着牡丹头。可见正是那个时代时尚生活的真实写照。至光绪年间，丁柔克《柳弧》卷三仍说："近日苏州妇人有牡丹头、钵盂髻。""两湖以帛为长圈，套于发上，盖欲学苏州而不得法者。"按他的说法，牡丹头到这个时候还在流行，但大概已非彼时的牡丹头了。

二〇一四年一月二日

背面西施

背面西施者，从背后看也，这当然有身材、肤色诸多标准，但发型也是个重要内容。由于女子挽束头发的方式不同，发髻的造型变化很多，垂髻就是很普遍流行的一种。垂髻是个大概念，凡将发髻垂之于后的，都称垂髻，有的在颅后，有的在项后，有的或偏于左右。汉唐以来，女子垂髻有椎髻、堕马髻、倭堕髻、抛家髻等等名目，各有情形，大概很难从一个名称来限定它的样式。

及至明清时期，垂髻仍与高髻并行，平分秋色。范濂《云间据目钞》卷二介绍了女子服饰的变迁："妇人头髻，在隆庆初年皆尚圆褊，顶用宝花，谓之挑心，两边用捧鬓，后用满冠倒插，两耳用宝嵌大镮。年少者用头箍，缀以团花方块。身穿裙袄，袄用大袖圆领，裙有销金拖。自后翻出挑尖顶髻、鹅胆心髻，渐见长圆，并去前饰，皆尚雅装。梳头如男人直罗，不用分发，蝶鬓髻皆后垂，又名堕马髻，旁插金玉梅花一二对，前用金铰丝灯笼簪，两边西番莲俏簪，插两三对，发股中用犀玉大簪，横贯一二只，后用点翠卷荷一朵，旁加翠花一朵，大如手掌，装缀明珠数颗，谓之鬓边花，插两鬓边，又谓之飘枝花，耳用珠嵌金玉丁香。衣用三领窄袖，长三尺馀，如男人穿裙，仅露裙二三寸，梅条裙拖，膝裤拖，初尚刻丝，又尚本色，尚画，尚插绣，尚推纱，近又尚大红绿绣，如藕莲裙之类，而披风便服，并其梅条去之矣。包头不问男女皆用，万历十年内，暑天犹尚骔头箍，今皆易纱包头，春秋用熟湖罗，初尚阔，今又渐窄。自吴卖婆出，白昼与壮夫恣前后淫，以包头不能束发，内加细黑骔网巾。此又梳装之一幻，而闻风效尤者，皆称便矣。"

其中就提到堕马髻，"蝶鬓髻皆后垂"。这种垂髻的风行，早于牡丹头，由南而北，影响京师，史玄《旧京遗事》说："帝京妇人往悉高髻居顶，自一二年中，鸣蝉坠马，雅以南装自好。"所谓"鸣蝉坠马"，指的就是江南一带流行的新式堕马髻，这与《云间据目钞》的记载是吻合的。

晚清苏州还流行一种垂髻，从背面望去最妙，称为"背苏州"。丁柔克《柳弧》卷三说："近日苏州妇人有'牡丹头'、'钵盂髻'，后梳长髻，名'背苏州'。有《背苏州》一词最妙，诗曰：'吴鬟且莫唱，越髻且莫讴。四座静勿哗，我歌背苏州。苏州肌理嫩如水，苏州颜色焕如蕾。相君之背亦风流，时样妆梳斗娇美。灵蛇新式到杭州，日日凝妆上翠楼。明月圆时休正面，嫩云堆处莫回头。妆台软掠轻梳罢，留与南朝周昉画。山眉水眼且休论，雾鬓风鬟已无价。吁嗟乎，粉颈香肩骨肉匀，摹来背面果然真。只愁一顾倾城处，仍是西湖画里人。'""背苏州"也称"苏州罢"，王闿运《石牛塘途中作五首》，其中一首咏道："桥上当垆女，双金绣额圆。巧拢苏罢髻，娇索市门钱。旧日村牢落，穷嫠泪泫然。繁华非盛事，饥乱况频年。"诗前小序说："自立云市至马坨，昔岁贫妇椎髻鹑衣，今少妇童女盛施朱墨，酒垆逆旅，不类贫家，入湘乡则妆饰异矣。咸丰中，东南盛为拖后髻，曰'苏州罢'（读若派），盖妖服也。"可见当时湖南一带已流行这种时兴的"苏州罢"。京师更得南风浸染，女子梳妆也追随苏州风气，因为"背苏州"俏在背后，正面看不见，故都下称为"平头"，李家瑞《北平风俗类征·衣饰》引《都门杂咏》云："跑街老妪亦平头，短布衫儿一片油。长髻下垂遮脊背，也将新样学苏州。"

俗话说："苏州头，扬州脚。"虽然"背苏州"引领一时风气，但扬州不但重视足饰，也注重头型，《柳弧》卷三就说："江南皆梳'背苏州'头，而扬州则一圆网壳罩于发簪，名'蘑菇头'，或玉，或玛瑙，后有后影，亦落落大方，而且最便。"作者介绍的扬州"蘑菇头"，语焉不详，既用网子罩住，应该就是包头的一种。追溯起来，这还是明代流行的髻式。《金瓶梅词话》第五十九回写道：

“郑爱月儿出来，不戴䯼髻，头上挽着一窝丝，杭州攒梳的，黑鬖鬖光油油的，乌云露着四鬓，云鬓堆纵，犹若轻烟密雾，都用飞金巧贴，带着翠梅花钿儿，周围金累丝簪儿，齐插后鬓，凤钗半卸，耳边带着紫瑛石坠子。”《云间据目钞》也记载了吴卖婆的时妆，因为梳理比较方便，很快就风行起来。发髻时尚与其他时尚一样，以旧翻新，稍加改样，又成为新的时尚。

二〇一四年一月八日

《锦绣苏州图卷》小引

一座城市的历史记忆，文献记载固然是重要的凭藉，但总有点难于追寻场景。就以苏州来说，司马迁作吴国故都之旅，仅说了一句："吾适楚，观春申君故城，宫室盛矣哉。"（《史记·春申君列传》）那城垣呢，市井呢，都略而未记。进入两晋，左思《吴都赋》咏道："郛郭周匝，重城结隅。通门二八，水道陆衢。"概述了吴城基本面貌，但依然虚无缥缈，不可具体而微。至陆机行经吴市，《吴趋行》有曰："阊门何峨峨，飞阁跨通波。重栾承游极，回轩启曲阿。"只是对阊门的高楼阁道作了具体描绘，并仅此一隅而已。由六朝而隋唐，诗人对苏州城市空间布局和繁盛景象的记述，越来越具体而生动起来，如白居易《九日宴集醉题郡楼兼呈周殷二判官》有曰："半酣凭槛起四顾，七堰八门六十坊。远近高低寺间出，东西南北桥相望。水道脉分棹鳞次，里闾棋布城册方。人烟树色无隙罅，十里一片青茫茫。"如李绅《过吴门二十四韵》有曰："烟水吴都郭，阊门架碧流。绿杨深浅巷，青翰往来舟。朱户千家室，丹楹百处楼。水光摇极浦，草色辨长洲。"真是规摹如画，状景如画，然而仍不是画，只能由文字来展开想象，以作昔日城市景象的追忆。

在绘画史上，以城市景象作为题材，时间并不太早。敦煌唐代壁画中虽已有城郭，但只是经变故事的情节，属于叙事性绘画，从严格意义上来说，不能算是城市景象，至多只是萌芽。城市景象的出现，与社会经济发展和哲学思想变化有关，与绘画题材的社会关注度有关，更与城市的城市化程度有关。虽然城市之制，古已有之，但城市化程度，大约是在隋唐开始逐渐提升，至北宋真宗朝以后才形成势态，进入繁盛时期。就绘画著录来看，裴孝源《贞观公私画史》记有杨修《两京图》、顾宝光《洛中车马图》、史文敬《张子平西京赋图》、展子虔《长安车马人物图》；徐应秋《玉芝堂谈荟》卷三十记有宗炳《永嘉邑屋图》、燕文贵《七夕夜市图》、叶仁遇《淮阳春市图》等等。从画题来考察，似乎都是城市景象题材，但它们都早已亡佚不存了，著录也仅是一个画题而已，究竟画了些什么，又是怎样的形式和画法，如今已无可稽考。

进入北宋，随着城市的逐渐繁荣，城市的中心地位大大提升，市民文化高度发展，这在《东京梦华录》、《梦粱录》、《武林旧事》等书中有详细记录。与市民文化相适应，表现城市繁荣景象、反映城市风俗生活的绘画大量涌现。这一题材，受众广泛，上至王公大臣，下及市井贩夫走卒之流，因为它们既表现了太平盛世的主题，又描绘了寻常百姓的世俗生活。可以这样说，它们既是市民文化的需要，又是市民文化影响绘画的结果。

沧海桑田，历史无情，北宋时期不少城市景象绘画，早已失传，且举两个例子。一是真宗朝图画院祗候高元亨，“工画佛道人物，兼长屋木，多状京城市肆车马”(《图画见闻志》卷三)。刘道醇《圣朝名画评》卷一记了他画的《从驾两军角抵戏场图》：“写其观者四合如堵，坐立翘企，攀扶仰俯，及富贵贫贱、老幼长少、缁黄伎术、外夷之人，莫不备具。至有争怒解挽，千变万状，求真尽得，古未有也。”二是徽宗朝佚名者画的《夷门市廛图》，王恽曾见过，《跋夷门市廛图后》记道：“孙樵读开元杂报，至生恨不为太平人。岂声明文物，矫首拭目，闻可喜而观可乐乎？近阅《夷门市廛图》，其风物气习，备见政和间流宕浮靡之俗，然非盛极，无以臻此。予生长汴梁，及见百年遗老，往往尚能谈当时风物，令人不觉有孙氏之叹。但二帝播迁，已兆朕于此，所谓治乱之迹接踵相寻也。画品则秾纤巧丽，出内供奉手无疑。正可与《梦华录》互为之览耳。”

至今尚存，且脍炙人口的，莫过于北宋后期张择端的《清明上河图》，乃是旷世杰作。赵琦美《铁网珊瑚》卷十一引元人杨凖跋:“卷前有徽庙标题,后有亡金诸老诗若干首,私印之杂识于诗后者若干枚。其位置,若城郭市桥屋庐之远近高下,草树马牛驴驼之大小出没,以及居者行者舟车之往还先后,皆曲尽其意态而莫可数计,盖汴京盛时伟观也。汴自朱梁来,消耗极矣,至宋列圣,休养百年,始获臻此甚盛。其君相之勤劳,庐井之丰庶,俗尚之茂美,皆可按图想其万一。吾知画者之意,盖将以观当时而夸后代也,不然则厄于时而思殚其技,以杰然自异于众史也。何其精能之至而毫发无遗恨欤?此岂一朝一夕所能就者,其用心亦良苦矣。”今署张择端作《清明上河图》者,海内外共藏数十本,其真本、摹本、赝本之考辨争论,几百年无休止,这正反映了世人对这卷城市风俗图的高度珍重。

关于苏州城市景象的绘画,恕我孤陋寡闻,只知最早有李昇的《姑苏集会图》,见《宣和画谱》卷三著录。黄休复《益州名画录》卷中记道:“李昇者,成都人也,小字锦奴。年才弱冠,志攻山水,天纵生知,不从师学。初得张璪员外山水一轴,玩之数日,云未尽妙也。遂出意写蜀境山川平远,心思造化,意出先贤。数年之中,创成一家之能,俱尽山水之妙。”李昇《姑苏集会图》的“集会”,或是迎神赛会,因此图久佚,于其内容只能作揣测而已。

今存年代较早的苏州城市景象图卷,当推仇英的《清明上河图》。《石渠宝笈》卷二十五于此有著录:“明仇英《清明上河图》一卷,素绢本着色。画款云‘吴门仇英实父摹宋张择端笔’。拖尾有文徵明记一,王守、许初、彭年、陆师道诸题句,又陆粲记语一,文嘉跋一。引首梁诗正书。”今传仇英《清明上河图》,凡有四卷,台北故宫博物院藏三卷,辽宁省博物馆藏一卷。辽宁所藏一卷,实已根据明代苏州景象作重新创作,画中的苏州,虽然未必符合实际情形,但确实有苏州的影子和味道,街道和建筑规整而密集,河街并行,民居、店铺等临水而筑,木构桥梁基本都改为石砌,街市上的裱画店、银楼、香店等,都是明代中叶以后出现的新兴行业。约稍后于仇英,谢时臣有《金阊佳丽图》。此卷描绘了阊门外的景象,山塘街至虎丘以西,上塘街至枫桥以西,构图别出心裁,笔致绵密,场景热烈,画上河道密布萦回,屋宇鳞次栉比,百业兴旺,千人接踵,凡桥梁都用小字注明。至清乾隆朝,最有影响的苏州城市题材图卷,就是徐扬的《盛世滋生图》,俗谓之“姑苏繁华图”,此卷传播甚广,考论甚多,几乎妇孺皆知,于此也就不再赘述。

另外,还有一笔文化遗产不可遗忘,那就是发轫于清初的“姑苏版”。它所表现的苏州城市题材,有阊门内外、胥门万年桥、山塘街、虎丘等处,同一题材,有的不止一幅。如有四幅万年桥图，印制于乾隆前期，都以万年桥为画面中心，但附近建筑样式、店肆名号各有不同，这就反映了万年桥落成后周边情形的变迁。又如印制于雍正十二年的《姑苏阊门图》，乃通景屏画，今存两幅，描绘了尹继善重修阊门后的景象，水陆两门参差并列，内城门城楼两层，高耸宏伟，外城门上官厅武器库如堡垒，城砖叠砌，与城墙连为一体。此图可作为苏州城墙史研究的重要资料。再如《姑苏石湖仿西湖胜景图》，将上方山、石湖、行春桥，与寒山寺相连，又与阊门渡僧桥、吊桥一带相连，虽然在空间布局上并不合理，但也是当时苏州景点分布的示意。此图之阊门吊桥两侧，店铺栉比，有"松萝茶室"、"正茂夏布"、"义茂手巾"、"陈天祥皮货"、"席行"、"南伞行"、"糖栈"等，可与《姑苏阊门图》、《盛世滋生图》作比较，可藉此分析雍正、乾隆时期阊门市廛行业的变化。两幅万年桥图，还分别描绘了迎神赛会的场景，早期迎神赛会的图像极为罕见，故又具有风俗史上的重要意义。

明清时期，反映苏州城乡面貌的绘画很多，以上只是举例。叶恭绰在《明谢时臣金阊佳丽卷跋》中说："古人写实之作，如《上林》、《羽猎》、《晋阳》、《渭桥》、《兰亭》、《莲社》之类，不但考见一时风物，且建筑之位置，习俗之变迁，多资推证。"事实正是如此，不同时期、不同地方、不同视角的描绘，对苏州的城市布局、阛阓情状、市井百态、人物服饰、礼仪风俗等，一一作了展示，同一地方，有时颇有不同，其中差别，也就成为研究苏州城市史的重要依据。

历代画论于这一题材，不知分类，或归入人物，或归入风俗，或归入屋木舟车，诸家不一。就实际情形来说，既都是又都不是，这一题材综合了人物、风俗、屋木舟车，甚至山水、畜兽等等，可以说是宋代以后出现、形成的新题材。古人因循旧规，固然不可厚非，今之美术史论家则因循古人，自然无所适从。正希望有更多的学者来研究这一题材，建立起这一题材的专门学问。

言归正传，《锦绣苏州图卷》是二十一世纪的苏州城市图像。它的发起人沈民义先生，热爱家乡，具有现实主义情怀，与我几次闲聊，都说起这个话题。他说，徐扬是宫廷画家，所绘《盛世滋生图》，以供宸鉴，虽说是表达“斯地斯民，故能感激鼓舞，乐乐利利，交相劝勉，共为盛世之民”的意思，客观上也留下了乾隆中期苏州城乡面貌的真实写照。自此以后，苏州题材的绘画虽还不绝如缕，但像这样气度恢宏、视野广阔、描摹细腻、场景壮观的画卷就再也看不到了。时到如今，又逢承平之年，苏州城乡景观已发生了翻天覆地的变化，更应该有这样一卷绘画，再过若干年，它就是这个时代的图像记录。

去年,他就邀约同人,筹划这个绘画工程。先确定它的主题和尺幅,主题不必说,就尺幅来说,长三千厘米(不含引首、拖尾),纵六十厘米,这在绘画史上是很少见到的长卷。再确定它的表现内容,几经推敲,形成画面的结构和章法,以苏州古城为中心,以高新技术开发区和工业园区为两翼,西起太湖,东至金鸡湖,南延至水乡古镇同里,主要反映苏州在新世纪的城乡面貌。这是一次集体创作,共有十八位苏州画家参与,他们是孙君良、刘懋善、劳思、沈民义、张晓飞、吴鸿彰、徐惠泉、夏维淳、姚苏、黄钟、陈危冰、徐贤、蒯惠中、谢士强、孙宽、戚春兰、吴越晨、姚永强,可谓少长咸集,群彦毕至,家家抱荆山之玉,个个掌骊龙之珠。自春徂秋,历尽艰苦,长卷终于得以圆满完成。

在我想来,《锦绣苏州图卷》的问世,至少有三方面的意义。一是上承明清苏州绘画传统,又一次全面展示苏州城乡面貌,那是具有时代性的图像记录;二是笔墨生涯,难能合作,此卷却能扬诸家之优长,笔笔可见个人风采,又统一和谐,浑然天成,可以说是集体创作的成功实践;三是在艺术上取得很大成就,画卷规模宏大,场景广远,或细写琐琐,或一笔带过,虚实相间,生趣盎然,其艺术价值自不待言。三十多年来,苏州画家孜孜以求,脚踏实地，各有可观的丰硕成果，此次合作，更是共筑新世纪苏州美术发展的里程碑，那就应该感谢苏州这方得天独厚的土地，让艺术的种子存活、生长、开花、结果。

二〇一四年十一月三日

《游园惊梦》小引

昆曲声腔细腻宛转，表演风格优美，创造了最完整最风雅的舞台艺术体系。苏州是昆曲的故乡，但早在宋末元初，苏州人唱南戏，就有一种独特的神韵，时人张炎《满江红》小序说："韫玉传奇，惟吴中子弟为一流，所谓识拍、道字、正声、清韵、不狂，俱得之矣。"再来看它的表演，词曰："傅粉何郎，比玉树、琼枝谩夸。看生子、东涂西抹，笑语浮华。蝴蝶一生花里活，似花还似恐非花。最可人、娇艳正芳年，如破瓜。　离别恨，生叹嗟。欢情事，起喧哗。听歌喉清润，片玉无瑕。洗尽人间笙笛耳，赏音多向王侯家。好思量、都在步莲中，裙翠遮。"这显然是士大夫评剧的美学标准，也很自然地让人想起后来在筵席堂前红氍毹上的昆曲演出场景。

在前昆曲时代，士大夫就积极投入戏曲的创作和革新中去，特别是生活在苏州的文人学士，对此更表现出浓郁的兴趣，如杨维桢就有南曲[夜航船序]一套，乃为昆山腔清唱而作，后来成为典型的昆曲传统唱段；又如倪瓒，善琴操，精音律，所作北曲小令甚多，对昆山腔必然起到一定影响；再如顾阿瑛，筑别业玉山佳处，园池亭榭之胜，图史文物之富，饩馆声伎之盛，冠绝一时，他家的声伎就有天香秀、丁香秀、南枝秀、小蟠桃、小瑶池、小琼华、小琼英等，其中既有擅长演剧的名角，也有善于弹琴、吹箫的高手，乃至《琵琶记》作者高明，也是玉山佳处的座上宾。至于对昆曲发展作出重要贡献的顾坚，则是他们三位的小友，魏良辅《南词引正》说："元朝有顾坚者，虽离昆山三十里，居千墩，精于南辞，善作古赋。扩廓帖木铁闻其善歌，屡招不屈。与杨铁笛、顾阿瑛、倪元镇为友，自号风月散人。其著有《陶真野集》十卷、《风月散人乐府》八卷行于世，善发南曲之奥，故国初有昆山腔之称。"

进入明代中叶，随着昆山腔日趋成熟，苏州文人学士尤表现出异常的热忱，以填词度曲为事，在中国戏曲史上留下了雪泥鸿爪。如祝允明，常傅粉黛，间度新声，所作南曲见《群音类选》等，大抵取材于花间闺阁，以绮丽柔婉为风调，长于言情，工于句字，胜于色泽。如唐寅，自谓"头插花枝手把杯，听罢歌童看舞女"（《焚香默坐歌》），"龙虎榜中题姓氏，笙歌队里卖文章"（《漫兴》），所作十三套散曲被收入魏良辅点板的《词林选胜》，人称是昆山腔清曲唱工最早的样板，曾风靡曲坛。再如文徵明，也是行家，何良俊《四友斋丛说》卷十八说他“最喜童子唱曲，有曲则竟日亦不厌倦”。所作虽未曾结集，时人称道的[山坡羊]有“远涧风鸣寒漱，落木天空平远”诸句，清远淡雅，一如其画。嘉靖十五年，他还手抄魏良辅《南词引正》。另有一位昆山人郑若庸，王世贞《艺苑卮言》附录一说：“吾吴中以南曲名者，祝京兆希哲，唐解元伯虎，郑山人若庸。希哲能为大套，富才情而多驳杂；伯虎小词翩翩有致；郑所作《玉玦记》最佳，它未称是。”吕天成《曲品》将他列入“上之中”，仅次于沈璟、汤显祖。若庸“以诗名吴下，赵康王闻其名，走币聘入邺，与谢榛客王父子间，与交宾主之礼，为王著书，采掇古文奇字，累千卷，名曰《类隽》”(《江南通志》卷一百六十五)。《曲品》所举之陆采、张凤翼、顾大典、梁辰鱼、冯梦龙、徐复祚、顾希雍、顾仲雍、顾梦圭、唐寅、祝允明、李日华、虞臣、陆之裘、王世贞、殷都、沈瓒等，都是苏州人，他们也不仅是曲家，或善诗文，或善书画，或善鉴赏，当时视戏曲为馀事，创作的分工尚不明确，不过是有戏曲作品而已。

正由于文人学士的参与，他们的美学观念，直接影响了昆山腔的改革。如对民间流行戏曲的排斥，祝允明《猥谈》就说：“数十年来，所谓南戏盛行，更为无端。于是声乐大乱。”“盖已略无音律腔调，愚人蠢工，徇意更变，妄名馀姚腔、海盐腔、弋阳腔、昆山腔之类。变易喉舌，趁逐抑扬，杜撰百端，真胡说耳。若以被之管弦，必至失笑。”更有代表性的是陈铎，他写了[北般涉调·耍孩儿]一套，题为《嘲川戏》，其中[四煞]唱道：“士大夫见了羞，村浊人见了喜，正是村里鼓儿村里擂。这等人专供市井歪衣饭，罕见官员大酒席。也弄的些歪乐器，筝蓁儿乱弹乱砑，笙笛儿胡捏胡吹。”虽然川戏在民间广泛流行，但不符合士大夫阶层的理想，他们于是身体力行，进行戏曲实验，如弘治间昆山人沈龄就是其中一位，《安定志》卷十七说他“究心古学，落拓不治生产。尤精乐律，慕柳耆卿之为人，撰歌曲，教童奴，为俳优。画竹仿文湖州，书法出入苏文忠、赵承旨，诗歌清绮绵婉，名满大江南北”。像沈麟这样具有诗、书、画深厚根柢的人物，亲自“撰歌曲，教童奴”，必然变俗为雅，如青木正儿《中国近世戏曲史》评其《三元记》说：“此记曲文中杂诗语，宾白亦多文语，其体则《香囊记》之流亚也。”矫枉过正，也是想当然的事。

迟在嘉靖朝，昆曲已成为苏州社会生活的重要内容，唱曲演剧的社会风气已相当炽盛。何良俊《四友斋丛说》卷三十五列举讽刺近年风俗的谚语，其中之一就是“不知腔板再学魏良辅唱”。袁宏道在万历二十二年任吴县知县，他在《江南子》里咏道：“蜘蛛生来解织罗，吴儿十五能娇歌。旧曲嘹厉商声紧，新腔啴缓务头多。一拍一箫一寸管，虎丘夜夜石苔暖。家家宴喜串歌儿，红女停梭田畯懒。”这虽然是由士绅阶层作表率，但全社会共同参与，广泛和厚实的群众基础，让这一新腔风靡起来，剧种的体系和特色也渐次形成，馀姚、海盐、弋阳诸腔的影响，逐渐被细腻华美的昆山腔所代替。这一风气至清初依然，徐树丕《识小录》卷四就说：“屠酤儿家以做戏为荣，里巷相高。”如此一直持续到康熙后期，章法《苏州竹枝词》有曰：“剪彩缕丝制锦云，风流男子着红裙。家歌户唱寻常事，三岁孩童识戏文。”“银会轮当把酒杯，家家装束妇人来。中船唱戏傍酒船，歇在山塘夜不开。”“千金爱浪掷名优，多买歌童拣上流。学会戏文三两本，城隍庙里浪行头。”仅就如此广泛和普及的程度来说，必然是“四方歌曲必宗吴门”。

昆曲的中心在苏州，苏州的山水、市井、坊巷、园林、寺观都是它生长和活动的天地，也就自然地进入苏州人的日常生活，不但有专业戏班，还有家庭戏班，既极大地丰富了市民阶层的文化生活，更深层次地进入了士大夫阶层的精神世界。

在苏州剧作家的人生经验中，水构成了他们想象和记忆的重要部分，水的清柔、浩瀚、空灵、弥漫，与昆腔的“水磨调”完美结合，孕育和滋养了他们的才华，也影响了作品艺术风格的形成，故在描写苏州的山光水色时倾注了特别的感情。如沈自晋《望湖亭》第八出《泛景》，说钱万选偕颜秀、尤少梅去洞庭西山，有这样的唱段："［懒画眉］震泽连江控全吴，只见水面双螺入图画。（净、丑）好景阿。（生指介）铜官玉女远模糊。昔来苕霅通天目，（合）指点三州一望浮。［前腔］镜里舟行景堪模，真个一片冰心冷玉壶，布帆无恙影儿孤，春波渺阔天边路，纵苇凭虚拍掌呼。［锦衣香］销夏湾，风生骤。缥缈峰，云飞陡。扶筇直上危巅，悬崖绝窦。仰天狂叫漫凝眸，环湖似玦，绕砌三周。想苏台一带，望烟霞依稀回首。何处遥山秀，是吴兴南岫，更毗陵路渺，层峦辐辏。"与水景和舟楫相关的是苏州剧作家对船戏的描写，陆庭萼《昆剧演出史稿》就说："舟中的戏更为精彩，舞台调度和表演上有许多巧思，加上性格风趣的艄翁例须唱几段当时流行的吴歌，愈发显得山光水色，情景如画。"与水相关的民俗活动，也有船戏，如六月廿四日荷花生日，阖城士女群往葑门外荷花荡赏荷，马佶人《荷花荡》第八出唱道："［醉太平］铙声鼓声，弄管调筝，荷花深处逞其能，按宫商，实可听。碧纱窗里相遮映，朱帘揭处多娇倩。画船一望集如云，到闹丛中去夺尊。""觅扁舟，探荷香，览胜湖滨，好一派接天碧出水红，新又听得歌声和香风阵阵迎。真个是奢华佳兴，为花来须泊向花深。"城中水巷，郊外清池，山间涧泉，也都是演出的环境，甚至成为曲目的场景。

苏州园林甲天下，园林的清幽环境，为昆曲的日趋精美风雅创造了一个独特的空间。昆曲和园林同属高雅艺术，它们的艺术个性和审美品质相近，都讲究品位和意境。在园林里演昆曲，那楼台倒影，那淙淙流水，那借着水音的吹打演唱，正使得两者之美趋于极致，可谓是物质和精神的和谐结合。故建园林、唱昆曲成为晚明以后的时尚，沈德符《万历野获编》卷二十六就说："嘉靖末年，海内宴安，士大夫富厚者，以治园亭、教歌舞之隙，间及古玩。"如陆深《架石》诗云："摽排甲乙位高低，爱杀山翁手自题。多少黄金教歌舞，落红空溅雨中泥。"如赵翼《青山庄歌》咏道："园林成后教歌舞，子弟两班工按谱。法曲犹传菊部筝，新腔催打花奴鼓。反腰贴地骨玲珑，擎掌迎风身媚妩。"正是这样的情形。

在园林内演剧，大都是家班。晚明时苏州家班很多，吴县申时行、范允临、吴锵、徐仲简、项楚东、徐汧、文震亨、朱必抡，长洲徐泰时、徐清之、徐滋胄、许自昌，吴江沈璟、顾大典，昆山顾琰、谭公亮、薛学闵、顾仲贞，太仓王锡爵、王世望，常熟钱岱、徐于、翁汉麐、徐锡允，嘉定陈明所、徐学谟、张其庸等，家家都有戏班，也几乎家家都有园林。如顾大典，钱谦益《列朝诗集小传》丁集中称其“家有谐赏园、清音阁，亭池佳胜。妙解音律，自按红牙度曲，今松陵多蓄声伎，其遗风也”。再如朱必抡，吴伟业《过东山朱氏画楼有感并序》说：“东洞庭以山后为尤胜，有碧山里，朱君筑楼教其家姬歌舞。君每归自湖中，不半里，令从者据船屋作铁笛数弄，家人闻之皆出。楼西有赤栏干累丈馀，诸姬十二人，艳妆凝睇，指点归舟于烟波杳霭间。既至，即洞箫钿鼓，谐笑并作，见者初不类人世也。君以布衣畜妓，晚而有指索其所爱者，以是不乐，遣去，无何竟卒。”归庄《朱珩璧六十寿序》也说：“吾闻朱君居莫釐之麓，有园亭花木之胜，特建高楼，名之曰缥缈，以望西山。崇祯末，以才人举，尝登金门，上玉堂。顷之，以时方多难，遂遁迹山中。于是拥东山之姬侍，罗后堂之丝竹，曼睩盛鬋，沓进于前，《激楚》、《阳阿》，不绝于耳，而又精于彼家之术，因以为养生之具。”各个家班对昆剧表演体系的完善、传奇创作的推动、理论批评的繁荣都产生了广泛而深远的影响。

昆曲的繁荣，与当时的哲学思潮有关，与苏州的经济繁荣有关，也与苏州奢侈的社会风气有关。文人学士在世俗功利、纷繁复杂的社会生活中，必然会寻求一条既可见容于世俗又能超然于物外的途径。如袁宏道在给舅父龚仲庆的信中就提出所谓人生之乐，如“堂前列鼎，堂后度曲，宾客满席，男女交舄，烛气薰天，珠翠委地，金钱不足，继以田土”；再如“千金买一舟，舟中置鼓吹一部，妓妾数人，游闲数人，泛家浮宅，不知老之将至”（《龚惟长先生》）。在他看来，超脱世俗的人生困境，追求感官的刺激和享受，精神的适意和自如，乃是文人士大夫的正常需求。特别是当传统的价值观念和人生理想，与社会现实碰撞以后，观念变异，理想幻灭，往往会寻求一种寄托，拍弄词曲，搬演戏文，也就成为一种选择，那是无可厚非的。

时过境迁，往事如梦，时代改变了社会生活。但在人的精神世界里，渴望宁静、安逸、美丽、诗意，也是一种常态，这在苏州特别在苏州文化人中，这种渴望显得尤其热切，而昆曲正是他们寄托的载体之一。他们生活在昆曲的故乡，熟悉昆曲创造的艺术世界，享受昆曲给他们带来的精神盛筵，他们在昆曲中启发心智，获取灵感，甚至可以说，昆曲已成为他们的人生伴侣。正因为如此，这个城市的当代人，这个城市的当代文化，就与昆曲建立了密不可分的联系。

今年春夏之际，苏州昆剧院、昆剧传习所在孙君良先生建议下，并由他邀约本土艺术家，以昆曲为主题进行创作，就是藉以反映昆曲与苏州的关系，包括昆曲与苏州的传统精神，昆曲与苏州的文化脉络，昆曲与苏州的天地形胜，昆曲与苏州的日常生活等等，分美术、书法、篆刻三项，有一百多位艺术家共同参与，各以自己的优长，抒写他们对昆曲本体的认识和感情，展现他们对昆曲精神的理解和传承。这既是当代艺术家与古典昆曲的一次时空穿越，又是与现代昆曲的一次亲密接触。既然如此，将这次邀约的作品汇印一册，就具有特别的意义，故不揣浅陋，缀言以作前言。

二〇一四年十一月二十日

光福的梅事

光福这个地名，最早见晚唐陆龟蒙《送小鸡山人序》，说是“出吴胥门，背朝日行四十里，得一野步市，曰光福”。光福者，乃萧梁时所建光福寺也，建寺以后，人烟渐密，聚落渐盛，遂以光福名其地。关于光福的形胜风物，徐傅在《光福志自序》里作了介绍：“光福僻处郡西，隶于吴治，蕞尔一隅，然湖山之秀、物产之饶、风俗之纯朴、人性之敦厚及乎琳宫佛刹、池馆台榭，冠绝吴中。其山有穹窿、西碛、铜井、邓尉之挺秀；其水有具区、游湖、东西崦之浩淼，七宝、法雨、象泉之甘冽。地则东南平夷，宜蔬谷，西南多山，艺花木桑麻，遍处播植，渔罟樵斤，终年不废。民庐栉比，倚山而居，滨水而田，朴者安于畎亩，秀者泽以诗书。至幅员之广袤也，五十馀里陂塘崦渠足资灌溉，山村水市，直尽太湖。而物产之佳，则稻有红莲，藕有伤花，卢橘、杨梅、菰蒲、菱芡皆美于他产，更有著名当世，阅千载而独擅者，梅也。”

光福诸山，物产丰饶，向有“山家十八熟”之说，“十八熟”起首即梅，不仅第一花信故也。汪琬《游马驾山记》说：“山中人率树梅、艺茶、条桑为业，梅五之，茶三之，桑视茶而又减其一。”光福广被植梅，相传始于南宋淳祐间休宁人查莘，他来此隐居后，在山坞植梅，当地人见了，纷纷效法，于是蔚然成观，恩泽一方。《光福志》卷四说：“迨宋元之交，范村荒芜，而梅之名擅于光福。光福山中栽梅为业者，恒十之七。”就时间推论，也正契合。可见光福之梅，作为一项重要的经济作物，由来已久了。植梅并非为了观赏，因为梅子既可生食，又可做蜜饯果酱，或糖渍，或盐腌，或浸酒，均得佳味，未熟果加工成的乌梅则可入药。在旧时日常生活中，梅子用途广泛，经济收益与地产的桃子、柿子、枣子、石榴相当。再说植梅不择地，即使荒山贫壤，也能开花结实。每当立夏过后，采摘梅子，山中一片忙碌景象，潘遵祁《四时山家杂兴》就咏道：“立夏才过梅市嚣，腰钱估客聚轻舠。枝头尚有消梅绽，价比青梅一倍高。”

然而也有梅不敌桑的时候，当吴江、湖州一带丝绸业鼎盛之际，桑叶不敷足用，便纷纷来光福、洞庭两山等地采购桑叶，当地不少山农就砍梅栽桑。道光年间，歙人程恩泽来游香雪海，“不见梅，登高眺之，则数十株厕桑林间”，不由感慨，“惜哉，易梅以桑，使数百年旧柯寥落，不及十一也”（《游香雪海记》）。再说，光福本是蚕乡，《光福志》卷一就说：“光福艺桑，随处皆植，蚕事又勤于他处。”桑叶既可卖钱，又能供自家所需，更何况桑叶效益较梅子为高，栽培管理也较梅子为易，故只能让士大夫作伤逝之叹了。

植梅初衷，固然不是为了观赏，但既有了梅，观赏也就是自然的事了。乾隆时人张诚《光福里探梅》有云：“居人为我言，山中绝尘俗。望衡千馀家，种梅如种谷。梅熟子可沽，梅开香不鬻。不鬻当如何，客来恣所欲。”自古以来，士大夫就赋予梅花独特的精神境界，早春探梅也成为民间生活的一项内容。二十四番花信风，梅信为第一，冰肌玉骨，花香袭人，透露了春天的消息。就苏州来说，光福之梅，比他处更胜，姚希孟《梅花杂咏序》就说：“梅花之盛，不得不推吴中，而必以光福诸山为最，若言其衍亘五六十里，窈无穷际，犹儿童野老之见也。梅得山水而色扬，天平一带，非不奇邃，独恨无水。光福诸山乃太湖之雉堞也，观者一舸至馆娃山下，或纡迤从穹窿坞入，或径从青芝山入，皆盘折香林。转入邓尉，梅花愈盛，波容水态愈媚。”故前人认为，光福之梅，可与杭州超山、广东大庾岭罗浮山、武汉东湖梅岭比四。

探梅光福，乃是一大胜游，也是苏州旧时风俗盛观。梅花以惊蛰为候，每当花时，红英绿萼，相间万重，攒枝布柎，玲珑璀璨，合匝缤纷，弥望不绝。袁学澜《吴郡岁华纪丽》卷二说："二月中旬，郡人艤舟虎山桥，襆被遨游，舆者，骑者，屣而步者，提壶担榼者，相属于路。率取道费家湖、马家山、蟠螭山、铜坑、石壁、弹山，而以石楼为投最。"亢树滋《邓尉探梅诗序》也说："邓尉为城西胜区，四时景物咸备，梅花尤擅其名。商丘宋公抚吴时采风至此，手镌'香雪海'三字于崖壁，名益著。惟距城稍远，不若灵岩、支硎之可晨往而夕返也。故必届探春时，游者始乘画舫，驾篮舆，提壶挈榼，褰裳联袂而来，穿花丛，叩山房，登佛阁，徘徊瞻眺，以荡涤其烦襟，消融其尘虑，信可乐也。其地幽僻清旷，梅花万树，连村蔽谷，映带于桑畦萝径、竹篱茅舍之间，弥望一白，玉映缤纷，芗气蓊葧，十数里不断，而又具区临其前，米堆、柴庄、铜井、石壁旋绕其左右，遥望洞庭诸山，烟鬟雾鬓，若隐若现于沧波杳霭中。"

由于光福诸山曲折，且处处有梅，或密或疏，各成景观，那就需要有一条探梅的路线。顾禄《清嘉录》卷二提供了两日游的路线："先世有《元墓探梅路径》一则，由光福至三官堂前，至费家河头，抵涧里乌山头、铜坑，寻吟香阁遗址，过巉山头及草庵、金鱼涧，登官山岭，取董份墓至元墓山，从蔡家坞一直至柴庄岭、老虎洞、姚家河头宿。越日，从姚家河头经光福凤鸣冈，上峙崦岭、司徒庙，看清、奇、古、怪四大树，上香雪海，由倪家巷、铜井山下至潭东，上弹山，登石楼，转天井，上看红梅、绿萼之和丰庵。登六浮阁，看太湖。至潭西，访五侯公墓。过蟠螭山，上大石壁，归绣毬山。由潭东上长旂岭，过钱家磡，一直仍上柴庄岭。归舟，梅花数十里，历历在目。若误趋他途，往往有不能遍历者。”张郁文《光福诸山记》则提供了三日游的路线：“邓尉诸山脉如一勾字形，初笔为吾家、铜井、西碛诸山，钩处近光福，连接邓尉、玄墓，中间为青芝、石楼、长岐诸山，梅花胜处，绵亘十里，当分作三日游。盖自光福过费家河南行，径造玄墓，转西逾长岐，至石楼、石壁折回，过天井、倪家巷而至香雪海，此为中路，最远亦最胜；若出涧上，至铜坑、窑上为北路，可沿水道往；由梓里、棠梨上柴庄岭为东路，须穿御道往者也。”

由于如今道里变迁，顾禄、张郁文两位提供的探梅线路已很难遵循了，还是从旧籍里抄撮一点，随便谈谈光福的梅事。

旧时来光福探梅，无论远近，大都艤舟虎山桥，桥跨两崦，东曰东崦，西曰西崦。袁宏道《吴游记・光福》说：“光福一名邓尉，与玄墓、铜坑诸山相连属。山中梅最盛，花时香雪三十里。其下为虎山桥，两峡一溪，画峦四匝。有湖在其中，名西崦湖，阔十馀里。乱流而渡，至青芝山足，林壑尤美。山前长堤一带，几与湖埒，堤上桃柳相间。”桃柳之外，更多梅树，故两崦梅花自古有名，一路行舟而来，嗅到的是梅香，看到的是梅林。顾梦麐《西山看梅诗序》说：“辄下过善人桥，达光福十馀里，环舟皆山花，与山逶迤一路，遥望如积雪。既过虎山桥，泊下崦，步至宝林庵，则已身在寒香万斛中矣。”前人于此咏唱甚多，如王穉登《湖上梅花歌》云：“虎山桥外水如烟，雨暗湖昏不系船。此地人家无玉历，梅花开日是新年。”汪琬《由虎山桥入朱墓村》云：“新柳条垂著水齐，画桥行傍虎山堤。卷帘渐觉香风入，一路梅花到崦西。”王廷灿《虎山桥》云：“一棹春风漫遡洄，四围山色翠成堆。荷锄老叟携筐妇，尽自梅花树底来。”如果由水路来光福探梅，两崦梅花给人留下最初的印象。

青芝山在邓尉山西南，去镇三里，漫山多苍松，而春梅秋桂，各擅胜场。顾宗泰《游虎山桥记》说：“溪崦十馀里，至青芝山麓，方春二月，泛舟随溪，堤与溪埒，多梅花，几二三百本，或列或横，或断或续，白英如云，香气蓊勃。俛入崇峦，绕青萦碧，濛然蔼然，俾过者神移焉而不能去。”屠廷楫《青芝山》云：“虎山桥外午风轻，西崦湖头眼倍明。万树梅樱真陆海，一樯烟雨过春城。此中恨不移家住，道上犹疑入画行。寄语山灵莫相笑，廿年吾已谢浮名。”张鹏翀《邓尉看梅》云：“青芝铜井暮云堆，山路萦纡落照催。船尾带将香不断，家家知是看花回。”道光时两淮盐政抚州曾燠，深爱青芝梅花，尝作《青芝山种花图》，他在《题董琢卿邓尉纪游图》中咏道：“或者已作梅中仙，人生孰似花仙乐。生时种花亦不恶，曾生尝与青芝约。而今对画空惭怍，九陌黄尘裹吾脚。”吴嵩梁有《四月十九日泛香溪》诗一组，其二咏曾燠云：“菖蒲一潭水，篱落几人家。为屋多因树，谋生倚种花。风香闻笑语，土沃润烟霞。却笑青芝叟，头衔老尚赊。”可见他也是一位“梅痴”。

青芝山西北麓，有一个称为天井的村落，居民多植制红梅盆景，担之以卖。其实那里四季花事不绝，特别是桂花，更享有盛名。廖文锦《香山杂咏》咏道：“弹山直下百花庄，天井人家占尽香。瑶岛仙人愁冷淡，试匀粉黛媚东皇。”自注：“弹山之下曰天井，人家俱以莳花为业，而红梅绿萼尤盛。”何广生《光福后竹枝词》亦咏道：“橐驰绝技属山家，花木成畦整复斜。天井梅桩董坟桂，一年岩户好生涯。”天井居民大都姓黄，相传是宋人黄策之后。黄策，吴县人，字子虚，自号随缘居士，元祐六年进士，崇宁初入党籍，羁管登州，后赦归，官至直秘阁。据说他无疾坐化，有随缘居士塔在铜井山。这让我想起朱勔，朱勔是北宋末年“六贼”之一，与黄策分属两个敌对的阵营，但他们的后人却都以卖花为业，由此也可见一点历史兴衰的沧桑。

天井再西北是铜井山，或称铜坑山，也有说铜井、铜坑是一高一低两座山。铜井植梅历史悠久，宋高士顾凤曾于梅花深处筑吟香阁，惜早已废圮了。凡探梅光福，铜井是必去的。姚希孟《邓尉诸山寻梅记》说："呼肩舆先往铜坑，观祝氏山茶，尚含蕊未放也。因从梅林中，高高下下，或凹或凸，出琼树之巅，或渡瑶林之下，远山露髻，净水含波，真使人步步留连，应接不暇。"铜井最宜登高看花，姚希孟《梅花杂咏序》说："至铜井颠，则崒嵂最高，而太湖全望矣。俯首引睇，万坞皆梅，山腰以下，嵸巃离澌，花气上蒸，坐久不知为山也，当是香水海涌出窣堵波耳。又从铜井而上，陟一蹬则足蹑香尘，降一陂则手提华鬘，时腾出花上，时窜入花底，犹未奇也。"归庄《观梅日记》也说："铜井绝高，振衣山巅，四面湖山皆在目，而村坞梅花，参差逗露于青松翠竹之间，亦胜观也。"彭定求更作《铜井观梅记》，其中写道："仲春之初，新晴犹寒，扁舟乃放。既过玉遮，遂不复问邓尉旧游，直从铜坑而至所谓斗柄者。回看涧上，花阴弥漫于层峦叠嶂间，震泽西来，水天一色，藉地列坐，滉漾荡胸，有数渔舟斜渡渚旁，以视泊画舫、簇篮舆、摩肩接趾者，杳乎如岛屿隔信，惬于所闻也。越三宿，渐次仍过吾家山、青芝山、茶山、潭山、石楼、石壁诸处。朝往暮归，虽光景犹昔，盘旋独久。余曰：'铜峰日当我目前，可勿登乎？'既至，则雾豁云披，清旸停午，徘徊中峰之下，瞥见湖巘波光外环内绕，澄然若镜，列岫参差，梅在望中，若远若近，若离若合，若隐若见，举凡足迹所到与否，无不一览而尽得之。忽忽香触鼻观，疑从天下，遂如御泠风，餐灏气，与造物者游，而有遗世独立之想。”

铜井山东麓有马驾山，俗称吾家山，不甚高，山巅平广，踞坐眺览，梅花万树，如霰雪纷集，白云不飞，是为光福幽丽奇绝之处。汪琬《游马驾山记》说：“予入山，与诸子循邓尉之阴前行数十步，辄有平原，曲涧回流，倒影澄澈见底，心稍稍喜。于时游人舆者、骑者、屣而从者，不绝于道。既至山麓，则其境益奇，界以短畦，藩以丛竹，阴森蔚荟。裁通小径，不能受舆骑，率皆舍而徒步矣。前后梅花多至百许树，芗气蓊勃，落英缤纷，入其中者，迷不知出。稍北折而上，望见山半累石数十，或偃或仰，小者可几，大者可席，盖《尔雅》所谓礐也。于是遂往，列坐其地。俯窥旁瞩，濛然暠然，曳若长练，凝若积雪，绵谷跨岭无一非梅者，加又有微云弄白，轻烟缭青，左澄湖以为镜，右崇嶂以为屏，水天浩溔，苍翠错互，然则极邓尉、玄墓之观，孰有尚于兹山者邪?”康熙二十八年二月，圣祖玄烨驻跸圣恩寺，问寺僧济石，梅花何处最好？答云吾家山第一，于是便去，有御制《邓尉山》诗云：“邓尉知名久，看梅及早春。岂因耽胜赏，本是重时巡。野霭朝来散，山容雨后新。缤纷开万树,相对惬佳辰。”康熙三十五年正月,江苏巡抚宋荦偕一班幕僚访梅寻胜而来,邵长蘅亦在,他在《弹山吾家山游记》里说:“登吾家山,山高仅廿仞,其上少花,多巨石藓驳,下视则千顷一白,目滉漾银海中,幽丽殆不可名状,月夜登此,不知奇更何似。公欲题以‘香雪海’,予曰:‘极佳,可作汉隶镌崖石上也。’循旧径下,至虎山桥,入舟解维归。”宋荦大书三字刻石,写的并非汉隶,却是正书。自此以后,香雪海之名就脍炙人口了。

马驾山麓有泛香居,为里人陈王廷所筑,依林傍涧,窗楞阑槛制同湖舫,汪琬题“云壑藏舟”,梅花开时,一望皎然。至同治间,园为潘霨所得,改葺家祠,易名铧园,也称荥阳别墅,亭轩池馆,别饶幽韵。衡阳彭玉麟来游,他曾有画梅十万之誓,至此自然不会轻易放过,便画梅壁上,纵横二丈许,又题七古一首,咏道:“铧园粉壁净于雪,令我狂醉污泼墨。乱写梅花纵复横,千株万株虬如铁。纵有五丁六甲来,费尽神力不能折。任他美人月下看,任他高士山中歇。浮罗仙子竞欢颜,姑射神人开笑靥。繁华最厌软红尘,清芬压倒众香国。记得当年顾虎头,满壁沧洲画妙绝。我今泼墨画梅花,写与邓尉荥阳宅。道子传神笔已枯,疏影暗香写不得。主人有鹤守天寒,冰雪心肠有谁识。世事原如壁上观，何必定须分黑白。留将清气在乾坤，十二万年不许灭。”这首诗写得苍古峭拔，实在不可多得。

西碛山与铜井山相连属，其巅有划船石，西麓有怪石巉岩，有泉注出石罅，曰夹石泉，南有鱼泉，北麓有巨石，长百馀丈，伸入湖中，俗称熨斗柄。民国以前，邓尉一带几乎都是单瓣白梅，至西碛始有朱砂红、绿萼梅、玉蝶梅等各种。钱谦益有《十七日早晴过熨斗柄，登茶山，历西碛、弹山抵铜坑，还憩众香庵》诗云："吴山环西南，其山秀而峄。郁盘起玄墓，迤逦属西碛。梅花生其中，居然好宫宅。譬彼冰雪姿，绰约处姑射。回环具区水，粘天浸寒碧。空濛滋霜根，浩渺荡月魄。湖山畜气韵，烟云发芳泽。所以西山梅，迥出凡梅格。我来早春时，发兴蜡双屐。探奇忘晴雨，寻花越阡陌。茫茫梅花海，上有花雾积。不知何处香，但见四山白。篮舆度花杪，登顿旋已易。恍忽如梦境，愕眙眩游迹。纵览乘朝暾，留连坐日夕。残阳挂烟树，横斜似初月。清游难省记，胜情易追惜。还恐梅花神，芒芒笑逋客。”姚承绪《吴趋访古录》卷二有《西碛山》，序曰："西碛山在邓尉西，旁带吾家诸山，梅花最盛，虽高大少景，然在湖滨，潭西聚坞差胜。"诗中咏道："邓尉探梅谁胜境，无过铜坑与铜井。就中西碛尤出奇，万玉山头回倒影。西围香气郁崔嵬，岳色湖光随意领。六浮高阁凌苍穹，足下白云乱俄顷。”

茶山在西碛山东南，也称查山、槎山、绣毬山（一作绣裘山），仿佛土阜，然通体皆石。当年查莘便隐居于此，种梅结屋，名曰梅隐庵，又在潭上崖壁镌“梅花潭”三字，后人因此而有潭东、潭西之说，查山亦由此得名。徐枋《邓尉十景记 · 槎山》说：“邓尉看梅名胜处，玄墓称绝，馀者马家山、董坟、朝元阁、槎山、磡上，皆其选也。然马家山、朝元阁皆有梅花，而无太湖，山不得水，其势不奇；磡上固临湖，然一面取致，旷而不深。惟槎山，则三面皆崇山峻岭，复自平田中突起一小山，山之麓直入湖中，登山瞰湖，则远水兼天，一望无际，而回顾三面，凡岩壑壁坞，篱落丛薄，幽深窈窕，曲折层叠，无非梅也。春日既丽，花光照眼，正如玉波雪浪，汹涌青峦碧巘间，自与澄湖万顷争奇矣。”顾宗泰《游茶山记》也说：“此山如箕，卷舌以出，众山络其背。梅花时，花聚众山凹，千岩万壑，坐而收之，攒蹙繁英，莫得隐遁，白云空濛，可以望而不可以穷。”茶山之胜，兼得赏梅观湖，顾汧《绣裘山探梅》云：“怪石嶙峋点绿苔，短筇徙倚久徘徊。游人为问勾留处，千顷湖光万树梅。”茶山去太湖若在足下，七十二峰，青螺隐跃，小峰六浮于湖，若案若几，有风飒然，则银波荡空，杳然万顷，滉漾浩渺，尽入无际。早春的阳光，温柔而亮丽，梅树丛丛，花光照眼，仿佛玉波雪浪汹涌，青峦碧岫间白，与万顷澄波争奇斗丽。

明人李流芳曾想在这里建一小阁，因前方湖中有六个洲渚，题名六浮阁，且作诗撰记且绘之图，但终究未成。他在《六浮阁图记》中感叹："余买一小丘于铁山下，登陟不数十步，而尽揽湖山之胜，尤于看梅为宜，盖踞花之上，千村万落，一望而收之。久欲作一小阁，名为六浮，六浮之名遂满人耳，而阁竟不成。"直至清康熙初年，长洲人张士俊才买山建阁，仍名六浮阁，朱彝尊在《六浮阁记》中说："嘉定李流芳长蘅过而乐之，思以十千钱构草阁踞梅林之上，写图以告其友，兼题长句，觊其经营而终不果也。后八十年，长洲张翁买此山，始为建阁，且治生圹，背阜面湖，周树石楠、栝柏以为藩。阁峙其南，当春梅放，拓西窗俯视，繁花百万若密雪之被原隰，游人诧胜绝焉。"几经沧桑，六浮阁早就不见踪影，甚至连它的遗址也茫然了。

虽然潭东、潭西之名犹在，梅花潭则已不可确指，其地另有菖蒲潭，水边篱落，弥望皆花，许兆熊《光福竹枝词》咏道："香岊庵结菖蒲潭，梅花深处几经探。"自注："壁间有'梅花深处'四字石刻，今已失。"程恩泽《香雪海游记》说："乃至菖蒲潭，弥望十数里，若明云屯积，时骄阳乍升，芳馥沤郁，中人如醇酒。至潭西，铁干桀立，丹者，碧者，缥者，蔚者，色相糅者，如以锦绮裹虬龙，愈拏攫愈妩媚，香益酷烈，顺风闻数里外。”顾嗣立《壬午正月同查庶常德尹、徐庶常大临、鲍孝廉孝仪、宋进士嘉升诸公入山探梅分赋六绝》中有一首咏菖蒲潭云：“曲干为藩直作门，老僧一个伴黄昏。要知绕屋栽多少，只见梅花不见村。”赵怀玉《菖蒲潭》云：“我行菖蒲潭，菖蒲未茁芽。傍潭田二顷，但解种梅花。梅花如群仙，姑射神难见。绿珠堕全身，红拂偷半面。绿珠与红拂，舞风日几回。不应罗绮队，又有宓妃来。”梁章钜《正月二十六日陈芝楣观察招同程春海祭酒、汪寅禾编修世樽探梅邓尉，得截句二十首》之一云：“香为世界玉为尘，尽与湖山写净因。踏遍菖蒲潭上路，磨崖合仿宋绵津。”自注：“近年梅花菖蒲潭最盛，殆不亚昔时之香雪海矣。”

蟠螭山在菖蒲潭南，斗入湖中，作蜿蜒状，故以得名，也称大石壁或石壁。山上有石壁精舍，创于明嘉靖间，隆庆三年僧憨山复建，王穉登题额“石壁轩”。邓尉诸山大都不算峻险，惟有蟠螭山雄峭作奇，崭截如削，壁色正黄，形势回抱，悬崖下即是太湖。在茶山赏梅，另得意境，邵长蘅《弹山吾家山游记》说：“潭西小山曰茶山，曰石壁，梅烂熳，望之如残雪满山，与湖光相映。”又有《奉和漫堂先生春日过灵岩元墓看梅之作用韵六首》，其一咏道：“一入春山路，梅花着处多。铜坑全放未，石壁定如何。晴雪三十里，香风一万柯。旧题应已泐，洞壑长烟萝。”自注：“石壁地凭湖，梅花最盛。”张大受《西山探梅杂咏》则云：“潭东树密带烟浓，石壁花繁映阁红。四面春光看不了，故栽小景瓦盆中。”因石壁地处偏僻，虽都知为观梅胜处，但屐迹罕至。

弹山在西碛山东，也称潭山，其首在湖滨，身横亘六七里，直接青芝山。顾鼎臣墓在山麓，七十二峰阁乃其丙舍，背山面湖，登阁眺望，黛眉螺髻缥缈烟波间，惜阁已久圮。潭山道上，径狭花密，低枝触帽絓衣，游者往往侧肱而过。归庄《观梅日记》说：“潭山之东西村坞皆梅花，千层万叠，如霰雪纷集，白云不飞。”邵长蘅《追赋元墓探梅纪游五十韵，呈漫堂先生》有云：“首途指弹山，仄径缘溪转。村僻花益繁，谷深鸟声变。肱侧枝挂衣，风吹雪沾鬓。潭东地渐高，陟巅土微衍。七十二峰阁，巑岏太湖畔。”当地居民也以花为业，沈德潜《邓尉观梅杂咏》有云：“潭山山下户，产业在梅桩。红白枝攒一，东西路界双。窨花珍北地，接干让吴邦。耕凿毋捐弃，还思陇上庞。”彭启丰《潭东潭西》云：“潭山东西聚村落，居民种树繁华萼。梅桩附接桃李根，终岁生涯此堪托。南国清香水竹间，西墙瘦影烟云阁。探芳恰趁早梅开，万树琼姿映丛薄。吾家先世卜龙沙，铜井峰头望归鹤。居民雅尚太古风，行客闲携春酒酌。莫向山塘问买花，桑枝妆点多缠缚。”

由七十二峰阁往东，山之高下如阶梯，然上下皆梅，为山中看花胜处。山南石楼，也写作石嵝，又称万峰台，望太湖诸峰历历可数。葛芝《石楼庵记》说："绕山之麓，遍植梅花，方其花时，积雪数里。"沈钦韩《乙亥石楼游记》也说："至石楼，旧有七十二峰阁，阁已毁，世犹以石楼目，按地志，则弹山也。濒湖焚轮裂衣，隐石分坐，俯瞰碌碌高浪，崩剥石皴，拒啮嗟嗟有声，企拥崒屼，苍翠坌涌，须眉清冷。斜出村舍，高下负曰十许里，梅花夹之，若积雪在地，裁分迒径，白云横冈，风猎而骇，久之声闻要眇，物色澒洞，春光沖融，阳舒若动，欣然命酌，窾樽而罢。"当仲春之际登临于此，桃李花开，鸟声迭和，漱泉枕石，翠竹四围，物外之景，令人顿忘身世。

徐枋对光福山水情有独锺，最推崇玄墓山，《邓尉十景记·玄墓》说："吴之山，惟玄墓最僻，亦最奇，面湖险隩，丹崖翠壁，望之若屏，又名邓尉。法华障其前，铜坑、青芝迤逦其左，游龙界其右，冈连岭属，诡状殊态，不可殚述。余以为此固他山之所有也，未足尽其胜也。若以梅花为香国，回环百里皆梅，与山水相间，此天下之山之所无也。"玄墓山在镇南，与邓尉山相连属，或谓山之阴为邓尉，山之阳为玄墓。相传晋宋时青州刺史郁泰玄葬于此山，故以得名。又因明初名僧万峰时蔚居此，也称为万峰山。圣恩寺创自唐开元，至万峰时复兴，至清初，寺院共有建筑一千馀间，僧生一千多人，为临济宗三峰派道场，属全国五大名刹之一。康熙二十八年、四十六年，圣祖玄烨两次驻跸。乾隆十六年至四十九年，高宗弘历六次驻跸。一个僻处太湖之滨的寺院，能得到这样的眷顾，大概也是不多的。

玄墓山风景绝胜，四季游人不绝于道，而以早春为最。文徵明《玄墓山探梅倡和诗叙》说："吴玄墓山在郡西南，临太湖之上，西崦、铜坑映带左右。玉梅万枝，与竹松杂植，冬春之交，花香树色，郁然秀茂，而断崖残雪，下上辉焕，波光渺弥，一目万顷，洞庭诸山宛在几格，真人区绝境也。"邵长蘅《玄墓探梅记》则说："环玄墓而山者以十数，环山而村者以百数，环树而梅者无隙壤也，花时平望三十里如雪，故玄墓之名以梅著。"又说："循石级南下半里许，地渐平衍，回望四面皆梅，蓊葧香气，花光合匝，夕霞如燕支红，反射之，益奇丽。"玄墓看花寻春，极一时之盛。沈朝初《忆江南》词曰："苏州好，鼓棹去探梅。公子清歌山顶度，佳人油壁树间来。玄墓花正开。"而雪中赏梅，别有一种清趣，如屈大均《冒雪同郭皋旭邓尉探梅》咏道："一夜吴阊雪，催人入洞庭。花先玄墓白，柳未太湖青。鼓棹乘春水，寻钟上翠屏。微微光福月，相与宿空冥。"

由玄墓山雪中的梅花，会让人想起《红楼梦》中的事来。第四十一回写贾母带了刘姥姥等人来到栊翠庵，要妙玉用好茶来饮，妙玉便用旧年蠲的雨水，泡了一盅老君眉给贾母。随后妙玉拉宝钗、黛玉进了耳房，宝玉也悄悄跟了来，妙玉又用另外的水给他们泡茶，宝玉细细吃了，果觉轻纯无比，赏赞不绝。黛玉便问："这也是旧年的雨水？"妙玉冷笑道："你这么个人，竟是大俗人，连水也尝不出来。这是五年前我在玄墓蟠香寺住着，收的梅花上的雪，统共得了那一鬼脸青的花瓮一瓮，总舍不得吃，埋在地下，今年夏天才开了。我只吃过一回，这是第二回了，你怎么尝不出来？隔年蠲的雨水，那有这样轻清？如何吃得？"用雪水烹茶，古已有之，但收梅花上的雪用来泡茶，却不多见，但《红楼梦》是有根据的，清高宗《咏嘉靖雕漆茶盏》自注："尝以雪水烹茶，沃梅花、佛手、松实啜之，名曰三清茶。"既然雪水可与梅瓣等烹茶，何妨直接从枝头梅花上收雪？这是一种神驰的艺术想象，况且这又是著名天下的玄墓山梅花，确乎创造了一种意境。

渔洋山在玄墓山南，濒临太湖，山色青翠，如果从圣恩寺还元阁望之，如履舄在几案下，可俯而拾之。顺治十八年，王士禛二十八岁，正在扬州推官任上，正月间至玄墓探梅，宿圣恩寺，渔洋山恰对寺门，王士禛见之，若有往世的因缘，于是为自己取号渔洋山人。他在《入吴集自序》里说:“渔洋山在邓尉之南,太湖之滨,与法华诸山相连缀,岩谷幽窅,筇屐罕至。登万峰而眺之,阴晴雨雪,烟鬟镜黛,殊特妙好,不可名状。予入山探梅信,宿圣恩寺还元阁上,与是山朝夕相望,若有夙因,乃自号渔洋山人云。”渔洋山固然也多梅花,而自钱家磡一路而来,更有胜致。沈德潜《游渔洋山记》说:“经钱家磡、上阳村,一路在梅花国中,花光湖影,弥漫相接,烟云往来其间,欲动欲定。”彭启丰《西山探梅绝句》也咏道:“上阳村里日熹微,钱家磡中花片飞。海内几人留雪爪,渔洋真境睹依稀。”

光福的梅花,实在是天下的胜观,即不说诸山的梅花,即是院落里或山道上的梅花,也足以让人流连。归庄《观梅日记》记葛氏家中的梅花:“庭中垒石为丘,前临小池,梅三五株,红白绿萼相间。酌罢坐月下,芳气袭人不止,花影零乱,如水中藻荇交横也。后庭有白梅一株,花甚繁,云其实至十月始熟,盖是异种。”又记惊鱼涧的梅花:“道旁一古梅,苔藓斑驳,殆百馀年物,而花甚繁,婆娑其下者久之。路出花林中,早梅之将残者,以杖微叩之,落英缤纷,惹人襟袖。复前,则梅杏相半,杏素后于梅,春寒积雨,梅信迟,遂同时发花,红白间杂如绣。”这样的景致,比之香雪如海的繁盛,另有一种清旷的意境。

在光福探梅，诸山各有胜色，归庄在《观梅日记》中作了比较："茶山之景，梅花则胜马驾山；远望湖山，则亚于石楼。盖马驾梅花，惟左右前三面，茶山则花四面环匝；太湖及群峰虽在望，而山稍低，不能如石楼尤爽豁耳。"程恩泽在《游香雪海记》中也作了比较："是役也，揽湖上之山，佛螺帝青若烟点著明镜上，则蟠螭最；自万梅影中掬湖光于掌上，则六浮阁、还元阁最；花天然而夥，则菖蒲潭最；畦瑰畛宝，各竞姝丽，则潭西最；凭高下视，使疏花面面规带，则香雪海最。"作这样的比较，自然不可能作全面观照的，其实又如何能分出甲乙呢。

去年梅花时节，与诸君作雨中光福之行，流连徘徊竟日。周晨先生拟为此次探梅编一小册，以记梅下屐痕。惜乎各有胜业，一再拖宕迁延，在我亦不例外，迟至今日方才了事，而光福的梅花又半开了。

二〇一五年二月二十五日

苏蔬摭谈

李渔《闲情偶寄·饮馔·蔬食》说:“吾谓饮食之道,脍不如肉,肉不如蔬,亦以其渐近自然也。草衣木食,上古之风,人能疏远肥腻,食蔬蕨而甘之,腹中菜园不使羊来踏破,是犹作羲皇之民,鼓唐虞之腹,与崇尚古玩同一致也。所怪于世者,弃美名不居,而故异端其说,谓佛法如是,是则谬矣。”蔬菜是饮食结构的重要组成,与提倡节省俭朴不是一个话题,与佛教信仰也没有什么关系。

苏州蔬菜有旱生、水生之分,种植历史悠久,四季不绝,故有“杭州不断笋,苏州不断菜”之说。沈学炜《娄江竹枝词》咏道:“薄荷苗向春前种,扁豆棚开秋后花。最好山厨樱笋了,筠篮唤卖画眉瓜。”也是可见一斑的。苏州人居家,常吃蔬菜,即使是鱼翅虾仁,亦以蔬菜为佐,赶趁时令,调节浓淡,点缀色泽。苏州地产蔬菜,应候而出,率五日更一品,以四月初夏为最盛。菜贩生意,以抢时为贵,故戴月披星割来,黎明叫市,既拧草以扎样,复洒水以润色,方能卖得善价。吴镛《姑苏竹枝词》咏道:“买菜吴娘系短裙，脸堆雪粉鬓梳云。朝朝持称东西市，只称人情不称斤。”那是日常生活的真实场景。

因苏州蔬菜品种很多，难以一一道来，在此举出八样，或亦使膏粱子弟稍知菜根味也。

白 菜

白菜，古人称菘，陆佃《埤雅》卷十六说：“菘性陵冬不凋，四时长见，有松之操，故其字会意，而《本草》以为久耐霜雪也。”《本草纲目·菜一》李时珍说：“菘即今人呼为白菜者，有二种。一种茎圆厚微青，一种茎扁薄而白，其叶皆淡青白色，燕赵、辽阳、扬州所种者最肥大而厚，一本有重十馀斤者。南方之菘，畦内过冬。北方者多入窖内，燕京圃人又以马粪入窖。”

文献记载白菜，最早是东汉张机《伤寒论》，当时吴人已开始栽种。《天中记》卷四十六引《吴录》：“陆逊、诸葛瑾攻襄阳，逊遣亲人韩扁赍表奉报，扁还遇抄。瑾闻之欲急去，逊方催人种豆、菘，与诸将围棋，以示闲暇。”又见吴郡人范元琰事，《南史》本传曰：“家贫，惟以园蔬为业。尝出行，见人盗其菘，元琰遽退走。母问其故，具以实答。母问盗者为谁，答曰：‘向所以退，畏其愧耻，今启其名，愿不泄也。'于是母子秘之。"孙权北征在吴嘉禾五年，范元琰则齐梁时人，江南栽培白菜，应该在东汉以前就开始了。

今北方以白菜闻名，一说是从苏州一带移植过去的。陆容《菽园杂记》卷六说："菘菜，北方种之，初年半为芜菁，二年菘种都绝。芜菁，南方种之亦然。盖菘之不生北土，犹橘之变于淮北也。此说见苏州《志》。按菘菜即白菜，今京师每秋末，比屋腌藏以御冬，其名箭干者，不亚苏州所产。闻之老者云，永乐间，南方花木蔬菜，种之皆不发生，发生者亦不盛。近来南方蔬菜，无一不有，非复昔时矣。橘不逾淮，貉不逾汶，雊鹆不逾济，此成说也。今吴菘之盛生于燕，不复变而为芜菁，岂在昔未得种艺之法，而今得之邪？抑亦气运之变，物类随之而美邪？将非橘柚之可比邪？"

这一说法，王士禛不以为然，《居易录》卷三十二说："此说大谬。今京师以安肃白菜为珍品，其肥美香嫩，南方士大夫以为渡江所无。不知苏《志》何据云然，岂南北地气遽反易有如此耶？"

其实，元人贾铭《饮食须知》卷三早就说"北地无菘"，即使在永乐之前，北方之菘也少于记载。《格致镜原》卷六十二引《格物论》说："以菘种北地，即化为芜菁；以芜菁种南地，即化为菘。"芜菁即蔓菁，俗所谓“大头菜”，北方固然有矣，但与白菜不是一种。永乐之后，白菜移植北方，且能生长收获，主要是改良了栽培技术，由畦栽而窖培，所谓“洞子货”也，故又称黄芽菜。《广群芳谱·蔬谱·白菜》说：“南方者畦内过冬地，北方多入窖内，燕京圃人又以马粪入窖壅培，不见风日，长出苗叶，皆嫩黄色，脆美无滓，谓之黄芽菜，乃白菜别种。”嘉靖以后，黄芽菜之名始著，王世懋《学圃杂疏·蔬疏》说：“燕地黄芽，可称菜中神品。”清初查慎行有《黄芽菜歌》咏道：“万钱日费卤莽儿，五侯鲭美贪饕辈。先生精馔不寻常，瓦盆饱噉黄芽菜。可怜佳种亦难求，安肃担来燕市卖。滑翻老米持作羹，雪汁云浆舌底生。江东莼鲙浑闲事，张翰休含归去情。”北地黄芽菜，经过品种和技术的改良，甘肥脆美，胜过江南，也在情理之中。现代植物学中，白菜的学名是 *Brassica Pekinensis Rupr.*，其中 pekinensis 的词根 peking，就是北京。

苏州白菜，向称“吴菘”，《吴郡志》卷三十引唐人语曰：“阔叶吴菘，巨根蜀蒻。”乃冬季主要的菜蔬，乾隆《苏州府志》卷十二说：“昔人言‘春初早韭，秋末晚菘’。今吴人谓初生者为夏菘，而晚者为藏菜，味脆而腴，盐藏以御冬，比屋皆然。”乾隆《吴县志》卷二十三也说：“菘，叶大味甘，曰牛肚；叶薄味少苦，曰紫菘；似蔓菁，曰白菘。”又说：“入夏不大者，曰夏菘。”即俗称“鸡毛菜”者也。而藏菜则“肥白而长，名箭杆菜，又名盐菜，冬日腌藏以备岁”。

白菜一般九月份栽，十月长成，味含土膏，气饱风露。立冬以后，苏州城乡几乎家家户户都要腌菜，或在院子天井里，或在僻巷旷场上，或挂绳上，或摊地上，或铺石桥栏干上，将菜晒干，然后入缸腌制。蔡云《吴歈百绝》有曰：“晶盐透渍采霜菘，瓶瓮分装足御冬。寒溜滴残成隽味，解酲留待酒阑供。”自注：“晚菘腌于冬月，有经水滴而淡者，名水菜，腊末春初醒酒佳品也。”又许山《腌藏菜》曰：“鸭脚树黄鸦桕醉，西风送寒吹雁背。旨蓄商量可御冬，吴侬比屋腌藏菜。菜心松美菜叶甜，满盘白雪堆吴盐。溪流新汲器新涤，殷勤十指搓掺掺。烹羊炰羔记时节，拍手乌乌双耳热。醉倒柴门不可呼，大儿拥背小儿扶。阿翁吻渴诗肠枯，醉乡天地空模糊。瓮中忽忆冬菹绿，一寸霜茎抵寒玉。”城中人家买菜、洗菜、腌菜，乃是初冬的一道生活风景，袁学澜有一首《咏菜》，摹绘情景如画，诗曰：“霜晓门停卖菜船，人家秤买度残年。一绳分晒斜阳里，留佐盘餐小雪天。”包天笑在《衣食住行的百年变迁》中说：“每到十二月中旬，家家都要腌菜，大概每菜一担（一百斤）腌置在‘牛腿缸’，我家每年要两缸，一缸是青菜，一缸是雪里蕻（此菜，人每写成雪里红，腌过的运到别处，便称之为咸菜，用途甚广）。这些盐渍菜，一直要吃到明年二月里。”青菜是晚菘的俗称，沈云《盛湖竹枝词》咏道：“半畦腴翠曝茅檐，秋末晚菘霜打甜。郎踏菜时双白足，教侬多糁一星盐。”自注：“晚菘俗呼青菜，亦曰八月菜，以盐腌之，经旬而熟，味极可口。”雪里蕻，叶小于晚菘，雪后惟此独青，故得其名。民国《黄埭志》卷二记道：“黄埭西乡有晚菘，俗名雪里蕻，腌于冬月，经水滴淡者名水菜，为醒酒佳品。”苏州腌菜中的常品，还有春不老，顾禄《清嘉录》卷十说：“或以去之菜心，刳菔蕽为条，两者各寸断，盐拌酒渍入瓶，倒埋灰窖，过冬不坏，俗名春不老。”包天笑《衣食住行的百年变迁》也说：“春不老，此亦盐渍物，冬末春初，以青菜心佐以嫩萝葡，用精盐渍之，加以橘红香料，其味鲜美，宜于吃粥，名曰‘春不老’，亦大有诗意呢。”还有霉菜，将秋菘洗净晒干，用盐渍过，装入瓦坛，密盖一月后即成霉菜。霉菜切至粉末蒸熟，伴鲜猪肉红焖，愈蒸而味愈出，且不易馊，盛泽人称为霉菜烧肉，夏季家家户户均食之。蚊叟《盛泽食品竹枝词》咏道：“常将肉类汁炰燔，检点家厨不厌烦。霉菜晒干还切细，拌同烹食胜燕豚。”

至于腌菜的方法，顾仲《养小录》卷中介绍说：“白菜一百斤，晒干，勿见水，抖去泥，去败叶。先用盐二斤，叠入缸，勿动手，腌三四日，就卤内洗净，加盐，层层叠入罐内，约用盐三斤，浇以河水，封好可长久。”苏州人家腌菜，流程大致如此。有的还腌五香咸菜，加入甘草、大香、莳萝、花椒等。吴语称鹾腌之物为盐，故苏州人称腌菜为盐菜，也称为腌齏。莫旦《苏州赋》有“腌齏为御冬之旨”，自注：“吴下比屋皆然。”范烟桥《茶烟歇·苏蔬》也说：“吾乡多腌菜，我家文正公在萧寺，断齏画粥，齏即腌菜，苏人至今称腌菜为腌齏。”

新鲜白菜，荤素咸宜，袁枚《随园食单·杂素菜单》说：“白菜炒食，或笋煨亦可，火腿片煨、鸡汤煨俱有。”薛宝辰《素食说略》卷二说：“菘，白菜也，是为诸蔬之冠，非一切菜所能比。以洗净生菜，酌加盐、酒闷烂，最为隽永。或拣嫩菜心横切之，整放盘中，以香油、酱油、醋烧滚，淬二三次，名‘瓦口白菜’，特为清脆。或洗净晾干水气，油锅灼过，加料酒、酱油煨之，甚为腴腴。或取嫩菜切片，以猛火油灼之，加醋、酱油起锅，名醋馏白菜。”苏州家常白菜，主要有辣白菜、烂糊白菜、白菜炒蛋等。

菠　菜

菠菜，古称菠薐，也写作菠稜、菠薐，原出伊朗，经由尼泊尔传入中国。尼泊尔，在中国古籍中作“泥婆罗”或“菠薐国”

(Palinga)。据《新唐书·西域传上》记载,“泥婆罗直吐蕃之西乐陵川”,贞观二十一年,“遣使入献波稜、酢菜、浑提葱。永徽时,其王尸利那连陀罗又遣使入贡”。唐人段公路《北户录》卷二记国初时,“泥婆罗国献稜,类红蓝,实似蒺藜,火熟之能益食味”。韦绚《刘宾客嘉话录》说得更早:“菜之菠稜,本西国中有僧将其子来,如苜蓿、蒲陶,因张骞而至也。绚曰:‘岂非颇稜国将来,而语讹为菠稜耶?’”孙奕《示儿编》卷二十二则引《艺苑雌黄》:“蔬品有颇陵者,昔人自颇陵国将其子来,因以为名,今俗乃从艸而为菠蓤。”武则天垂拱二年进士孟诜所著《食疗本草》,已记下菠菜的成分和功效,这是食用经验的总结。菠菜有可能很早已传入,在江苏邗江的西汉墓中就发现菠菜籽。

菠菜,又称波斯草、赤根菜、鹦鹉菜,属藜科一年或二年生草本,叶子略呈三角形,根略带红色,花黄绿色,茎叶均可食,富有铁质。《授时通考》卷五十九介绍说:“茎柔脆中空,叶绿腻柔厚,直出一尖,傍出两尖,似鼓子花叶之状,而稍长大,根长数寸,状如桔梗,色赤味甘美。四月起薹尺许,开碎白花,丛簇不显。有雌雄,雌者结实,有刺状如蒺藜子。叶与根味甘,冷滑无毒,利五脏,通肠胃热,开胸膈,下气调中,止渴润燥,解酒毒,服丹石人最宜。麻油炒食甚美,北人以为常食。春月出薹,嫩而且美,春暮薹渐老，沸汤晾过晒干，备用甚佳，可久食，诚四时可用之菜也。(八九月种者，可备冬食；正二月种者，可备春蔬。)”菠菜在我国南北普遍种植，北方以秋冬栽培和冬播春收为主，南方则秋、冬、春均可栽培。

前人于菠菜颇多赞美，如刘子翚《咏菠薐》曰：“金簇因形制，临畦发永叹。时危思撷佩，楚客莫纫兰。”苏轼《春菜》有曰：“北方苦寒今未已，雪底波稜如铁甲。岂如吾蜀富冬蔬，霜叶露芽寒更茁。”赵长卿《如梦令·寄蔡坚老》词曰：“居士年来病酒，肉食百不宜口。蒲合与菠薐，更著同蒿葱韭。亲手，亲手，分送卧龙诗友。”

菠菜最有名的典故，就是“红嘴绿鹦哥”，传说故事都与皇上有关，一位是明成祖朱棣，梁章钜《浪迹三谈》卷五说：“前明说部中载成祖微行民间，食黄面豆腐干及此菜而甘之，询其名，店佣以‘金砖白玉板’、‘红嘴绿鹦哥’对，白玉板谓腐干，绿鹦哥即此菜。”这是由鹦鹉菜这个别名而来的。还有一位是清高宗弘历，南巡途中，某农妇为他做了一道菠菜烧豆腐，高宗日甘肥厚，尝此田园风味，口颊清新，龙颜大悦，问是什么菜，农妇答道：“金镶白玉板，红嘴绿鹦哥。”这自然是杜撰，但高宗南巡，确实吃过菠菜烧豆腐。中国第一历史档案馆藏《江南节次膳底档》记载，乾隆四十九年南巡，闰三月初九日在江宁灵谷寺中膳，苏州厨役朱二官做了一道“炖菠菜豆腐”，自然不会有“红嘴绿鹦哥”的说法。鲁迅借题发挥，他在《谈皇帝》中说：“在我的故乡，是通年有波菜的，根很红，正如鹦哥的嘴一样。”又借老仆妇的话说，皇帝想吃什么就要吃什么，吃不到生气了，就要杀人，“现在一年到头给波菜，一要就有，毫不为难。但是倘说是波菜，他又要生气的，因为这是便宜货，所以大家对他就不称为波菜，另外起一个名字，叫作‘红嘴绿鹦哥’”。

菠菜烧豆腐，古人向以为家常菜中的美味。王世懋《学圃杂疏·蔬疏》说：“菠菜北名赤根，菜之凡品，然可与豆腐并烹，故园中不废。”袁枚《随园食单·杂素菜单》说：“波菜肥嫩，加酱水、豆腐煮之，杭人名‘金镶白玉板’是也。如此种菜虽瘦而肥，可不必再加笋尖、香蕈。”董岳荐《调鼎集·蔬菜部》说：“菠菜汤，先用麻油一炒，配石膏豆腐、酱油、醋、姜做汤。”薛宝辰《素食说略》卷二也说：“或瀹过加浸软豆腐皮，以芝麻酱、盐、醋同办，尤爽口。”

梁章钜向不喜欢吃菠菜，但一道虾米炒菠菜改变了他的饮食观，《浪迹三谈》卷五说：“盖删尽旁枝，专留肥干，加以浓油，复多用上好干虾米炒之，其美处乃非常菜可比，余自是始得味而喜食之。偶还家，索之厨下，则其无味如故。盖既不用浓油，又无多好虾米，且以为常菜忽之，撷之不精，瀹之不净，又何能发其精英乎。”惜乎这道虾米炒菠菜，至今未见市楼家厨有之。

菠菜是苏州日常绿叶蔬菜，正德《姑苏志》卷十四记道：“菠菜，根赤，叶如箭镞，味极甘美。”它的产地分布各县，民国年间城内也广有种植，金孟远《吴门新竹枝》就咏道：“胶白青菠雪里红，声声唤卖小桥东。担筐不问兴亡事，输与南园卖菜翁。”自注：“盘门内南园，农人多以种菜为业。按胶菜、白菜、青菜、菠菜、雪里红菜，皆南园名产也。”

苏州人吃菠菜，常见做法有拌菠菜、炒菠菜、菠菜蛋汤、菠菜炒年糕等。

荠　　菜

荠菜，属十字花科，一年生或二年生草本。它的嫩株自古就是席上珍蔬。《尔雅·释草》“蒫，荠实”，邢昺疏：“荠，味甘，人取其叶作菹及羹亦佳。”郑处诲《明皇杂录》说高力士被放逐巫州，山中多荠菜而人不采食，不由感慨，因作诗寄意，曰：“两京作斤卖，五溪无人采。中外虽有殊，气味终不改。”又，释文莹《玉壶清话》卷五记宋太宗问苏易简：“食品称珍，何物为最？”易简说：“臣闻物无定味，适口者珍，臣止知荠汁为美。”荠菜味道鲜美，比之白菜、菠菜，更别饶清香。

范烟桥《茶烟歇·苏蔬》说：“荠菜，吾乡称野菜，苏州人则读荠为斜字上声，即《诗经》‘谁谓荼苦，其苦如荠’之荠，可知二千年前，已有老饕尝此异味矣。荠菜炒鸡炒笋俱佳，有花即老，谚有‘荠菜花开结牡丹’之语，则暮春三月，即不宜食。”旧时荠菜都野生，随处都有，供人采摘，《周礼·春官宗伯》曰“趋以《采荠》”，可知当时已有《采荠》的乐曲。周作人在《故乡的野菜》中说：“荠菜是浙东人春天常吃的野菜，乡间不必说，就是城里只要有后园的人家都可以随时采食。妇女小儿各拿一把剪刀一只‘苗篮’，蹲在地上搜寻，是一种有趣味的游戏的工作。那时孩子们唱道：‘荠菜马兰头，姊姊嫁在后门头。’后来马兰头有乡人拿来进城售卖了，但荠菜还是一种野菜，须得自家去采。”

苏州的情形仿佛，荠菜遍布乡村田野，城中空旷之地亦蔓延丛生，如顾福仁《姑苏新年竹枝词》咏道：“王府基前荠菜生，塍他雏笋压凡羹。多情绣伴工为饷，不是春盘一例擎。”岁时风俗，三月初三是“挑菜节”，菜即荠菜也。袁学澜《吴郡岁华纪丽》卷三说：“今俗以荠为野菜，三月三日，闺中妇女皆取野菜花簪髻上，号‘眼亮花’。谚云：‘三春戴荠花，桃李羞繁华。’或置荠花于灶茎，以厌虫蚁。或以野菜花与年糕油煎食之，亦云能明目，谓之‘眼亮糕’。”而正月十五元宵节，都要吃荠菜团子或荠菜炒年糕，阿宝《新年竹枝词》咏道：“箫鼓声中玉漏催，紫姑乩畔绮筵开。香搓糯粉团新荠，伫看龙灯踏月来。”

苏州人喜欢吃荠菜，夏曾传《随园食单补证》说：“荠菜，吴中盛行，炒笋、炒肉丝、炒鸡皆可。”《调鼎集·蔬菜部》记了几种做法，一是东风荠，“采荠一二斤洗净，入淘米水三升，生姜一块，捶碎同煮，上浇麻油，不可动，动则有生油气，不着一些盐醋，如知此味，海陆八珍皆不足数也”；二是拌荠菜，“摘洗净，加麻油、酱油、姜米、腐皮拌”；三是炒荠菜，“配腐干丁，加作料、炒熟芝麻或笋丁炒”。富裕人家拌荠菜，还加入虾米、火腿屑、松子仁，实在是下酒佐餐的佳品，百吃不厌。还有荠菜豆腐羹，只见羊脂白玉似的豆腐上，点缀着青翠欲滴的荠菜碎叶，再有一点切得绝细的肉丝，鲜香扑鼻，令人胃口大开。荠菜肉丝炒年糕，则是美味的佳肴，既可作正餐，也可当作点心来吃。荠菜作馅，则有荠菜春卷、荠菜猪油馒头、荠菜鲜肉汤团、荠菜粢饭团、荠菜小酥饼等。

苏州人家裹馄饨，有纯肉心、虾肉心、菜肉心等，菜可用青菜、白菜，以荠菜肉馄饨最为美味。然而裹一次荠菜肉馄饨，贫寒人家也算是盛宴了，有童谣唱道：“阿大阿二挑野菜，阿三阿四裹馄饨，阿五阿六吃得饱腾腾，阿七阿八舔缸盆，阿九阿十呒没吃，打碎格只老缸盆。”僧多粥少，不可能人人裹腹，说来也是让人感慨的。

韭　菜

韭菜，属百合科多年生宿根草本，叶子细长而扁，花白色，乃是常见的蔬菜。它的食用历史悠久，《诗·豳风·七月》有“四之日其蚤，献羔祭韭”；《礼记·王制》有“庶人春荐韭”。古人还以醯酱腌渍，称为韭菹，《周礼·天官·醢人》记道：“醢人，掌四豆之实，朝事之豆，其实韭菹、醓醢。”韭菜的栽培历史亦久，《大戴礼记·夏小正》就说，正月“囿有见韭，囿也者，园之燕者也”。关于韭菜名字的来历，《尔雅翼·释草》说：“韭，《说文》云，一种而久者，故谓之韭。象形，在一之上，一，地也。谚亦曰，韭者，懒人菜，以其不须岁种也。”正说明它栽培容易，不需要过多的田间管理。

韭菜有辛味，属五辛之一，佛教僧侣按戒律不许吃。《翻译名义集·什物》曰：“荤而非辛，阿魏是也；辛而非荤，姜芥是也；是荤复是辛，五辛是也。《梵纲》云不得食五辛。言五辛者，一葱、二薤、三韭、四蒜、五兴蕖。”民间在大年初一、立春日，则例吃五辛菜，《本草纲目·菜一》李时珍曰：“五辛菜，乃元旦、立春，以葱、蒜、韭、蓼蒿、芥辛嫩之菜，杂和食之，取迎新之义，谓之五辛盘。”苏州至明季此风犹盛，文徵明《除夜》有“醉供春帖闲吟草，病抚辛盘懒颂椒”；唐寅《岁朝》也有“鸠车竹马儿童市，椒酒辛盘姊妹筵”。

王祯《农书》卷八说：“凡近城郭园圃之家，可种三十馀畦，一月可割两次，所易之物，足供家费。积而计之，一岁可割十次。秋后又可采韭花，以供蔬馔之用，谓之长生韭。”春韭、秋韭各擅胜场，如春韭，杜甫《赠卫八处士》曰：“夜雨剪春韭，新炊间黄粱。”刘子翚《园蔬十咏·韭》曰：“肉食嘲三九，终怜气韵清。一畦春雨足，翠发剪还生。”如秋韭，张衡《南都赋》曰：“春卵夏笋，秋韭冬菁。”张耒《秋蔬》曰：“荒园秋露瘦韭叶，色茂春菘甘胜蕨。人言佛见为下箸，芼炙烹羹更滋滑。”原注：“俗言‘八月韭，佛开口’。”顾贞观《灌园》曰：“早韭和露茁，晚菘凌霜翻。”如何能分轩轾？

至于冬春之际，又有韭黄，颜色浅黄，嫩而味美，胜于春秋之韭。那是在冬季培育的，西汉时已有了，桓宽《盐铁论·散不足》有“冬葵温韭”之说，《汉书·召信臣传》记道：“太官园种冬生葱韭菜茹，覆以屋庑，昼夜爇蕴火，待温气乃生。”至北宋时，韭黄已很普遍，《东京梦华录》卷十说：“十二月，街市尽卖撒佛花、韭黄、生菜、兰芽、勃荷、胡桃、泽州饧。”黄庭坚《萧巽葛敏修二学子和予食笋诗次韵答之》曰：“韭黄照春盘，菰白媚秋菜。”王千秋《点绛唇·春日》词：“韭黄犹短，玉指呵寒剪。”

苏州地方适宜韭菜生长，也较早培植韭黄。明弘治十五年，邝璠在吴县知县任上，刊印《便民图纂》，就介绍了韭黄的培植，一直沿袭至晚近，朱琛《洞庭东山物产考》卷三说：“二、八月为肥美之时，秋初及冬末用灰堆没半月后，揠取嫩黄韭菜，谓之韭芽，肥嫩可口。”

王世懋《学圃杂疏·蔬疏》说：“韭最获利，且宜吾地。冬尽春初，韭黄真佳味，但吾奉道不食耳。”除念佛人忌讳外，喜欢吃韭菜的人更多，并讲究吃头刀、二刀，家厨以清炒最常见，还用来炒百页、炒肉丝、炒蛋、炒鳝丝、炒鸡片、炒鲜虾、炒虾米。即使供御膳，也如此做法，据《江南节次膳底档》记载，乾隆三十年南巡，苏州厨役宋元给高宗烧的，就有青韭炒鲜虾、小虾米炒韭菜、青韭炒肉丝。韭黄除炒外，可以拌食，如拌海蜇皮、拌海米、拌蛋皮。更有将韭菜作馄饨、锅贴之馅，别有风味。韭菜饼则是家常点心，唐寅《江南四季歌》就有“寸韭饼，千金果，鳖裙鹅掌山羊脯”之咏，《桐桥倚棹录》卷十所记食单中的“韭合”，应该也是点心。

马 兰 头

马兰头，学名马兰，属菊科多年生草本，其叶似兰而大，其花视菊而紫，故又称紫兰、紫菊，因俗称物之大者为马，故以得名，又称马菜，谐音作马拦头、马郎头，别称鸡儿肠、阶前菊、竹节草、彭蜞菊等。鲍山《野菜博录》卷一称其“苗高一二尺，茎亦紫色。叶似薄荷叶，边有锯齿，又似地瓜儿叶，微大。味辛，性平，无毒”。

古人咏马兰头很早，《楚辞·七谏·怨世》就有“马兰踸踔而日加”，埋怨它长得太快太茂，妨碍了香草的生长。至两宋时，才有马兰头入馔的记录，赵蕃《自桃川至辰州绝句四十有二》之一曰：“脱粟粗供朝暮餐，也求鱼菜强充盘。鱼今绝市菜无有，欲问居人啖马兰。”陆游《戏咏园中春草》曰：“离离幽草自成丛，过眼儿童采撷空。不知马兰入晨俎，何似燕麦摇春风。”李洪《移竹诗，伯封垂和，且闻兄弟皆欲作，因用元韵奉寄》也有“曾共马兰同请客，不忧苜蓿但堆盘”之句。聂凤乔《蔬食斋随笔》第二集引明人《马兰歌》曰:“马兰不择地,丛生遍原麓。碧叶绿紫茎,二月春雨足。呼儿竞采撷,盈筐更盈掬。微汤涌蟹眼,辛去甘自复。吴盐点轻膏,异器共衅熟。物俭人不争,因得骋所欲。不闻胶西守,饱餐赋杞菊。洵美草木滋,可以废粱肉。”将它的形状、生态、采摘、烹饪、滋味等都写了出来,不失为咏物诗的佳作。

马兰头的“头”,即嫩头之意。它是以嫩叶入馔的,早春时节,遍地野生,几乎到处都有。晚近以来,荠菜、金花菜都有在菜畦种植,惟马兰头还是野生,即使市上兜卖的,也都是农家妇女孩儿去田野挑采而来,因为它生长在杂草丛中,不易辨识,需要有挑采的经验。叶灵凤《江南的野菜》说:“滋味最好的是马兰头,最不容易找到的也是这种野菜。这是一种叶上有一层细毛,像蒲公英一样的小植物。采回来后,放在开水里烫熟,切碎,用酱油、麻油、醋拌了来吃,再加上一点切碎粒的茶干,仿佛像拌茼蒿一样,别有一种清香。这是除了野外采集,几乎很少有机会能在街上买到的一种野菜。同时由于价钱便宜,所以菜园里也没有人种。”

马兰头是苏州早春的一道佳味,嘉庆《黎里志》卷四说:“野蔬中有马兰头者,冬春间随地皆有,取其嫩者瀹熟,拌以麻油,味极佳,曝干可久贮饷远。二月初每当清晨,村童高声叫卖,音节类山歌,三五成群,若唱若和,卧近市楼者辄为惊觉。”沈云《盛湖竹枝词》咏道:“春盘苜蓿不须愁,潭韭初肥野菜稠。最是村童音节好,声声并入马兰头。”范烟桥《茶烟歇·苏蔬》说:“春令菜蔬及时,市上盈筐满担,有号马兰头者,鲜甘甚于他蔬,和以香豆腐干屑,搀以冰糖麻油,可以下酒,费一二百钱,便能觅一醉矣。菜晒成干,别有风味,用以煮肉,胜于其他辅品。”

拌食马兰头,古已有之,《野菜博录》卷一说:“采嫩苗叶煠熟,新汲水浸去辛味,洗净,油盐调食。”《随园食单·杂素菜单》也说:“马兰头菜,摘取嫩者,醋合笋拌食。”它也可以素炒,作素汤,或以搭荤,往往用作衬菜,如红烧肉圆,以马兰头作底,相得益彰。

吴江盛泽人家还将薹心菜,也就是菜苋,稍加马兰头,装入小瓮腌之,俗称瓶里菜,历久不坏,风味独绝。蚾叟《盛泽食品竹枝词》咏道:“散金遍地看黄花,摘得马兰选嫩芽。妙法制成瓶里菜,田园风味亦堪夸。”迄至于今,苏州水乡各镇都有瓶里菜出售,那是真正放在玻璃瓶里的。

金　花　菜

苜蓿属豆科,品种很多,其中南苜蓿和黄花苜蓿的嫩叶可作蔬菜,苏州人称金花菜。苜蓿是大宛语 buksuk 的音译,《史记·大宛列传》说大宛“俗嗜酒，马嗜苜蓿，汉使取其实来，于是天子始种苜蓿、蒲陶肥饶地”。大宛约在今中亚费尔干纳盆地，那里不但将它作为牛马的饲料，也将它作为蔬菜。任昉《述异记》卷下说：“张骞苜蓿园今在洛中，苜蓿本胡中菜也，张骞始于西戎得之。”苜蓿不但引进历史悠久，作为蔬菜也很久了，《本草纲目·菜二》引陶弘景语曰：“长安中乃有苜蓿园，北人甚重之，江南不甚食之，以无味故也。”贾思勰《齐民要术》卷三说：“春初既中生噉，为羹甚香。”朱胜非《绀珠集》卷九还记了一个故事：“薛令之开元中为右庶子，时官僚清淡，令之为诗曰：‘朝日上团团，照见先生盘。盘中何所有，苜蓿长阑干。’上幸东宫见之，题其傍曰：‘若嫌松桂寒，任逐桑榆暖。’令之乃谢病。”薛令之不满意天天吃苜蓿，发发牢骚，想不到就被罢官了。

苜蓿清香而鲜美，古人用它入蔬，都很有赞美，如林洪《山家清供》卷上说：“偶同宋雪岩伯仁访郑埜钥，见所种者，因得其种并法。其叶绿紫色而灰，长或丈馀，采用汤灼油炒，姜盐随意，作羹茹之皆为风味。”唐庚《除凤州教授非所欲也，作此自宽》有曰：“绛纱谅无有，苜蓿聊可嚼。”陆游诗咏更多，如《小市暮归》有曰：“野饷每思羹苜蓿，旅炊犹得饭雕胡。”《对食作》有曰：“饭馀扪腹吾真足，苜蓿何妨日满槃。”又《书怀》曰：“苜蓿堆盘莫笑贫，家园瓜瓠渐轮囷。但令烂熟如蒸鸭,不着盐酰也自珍。”

苜蓿还可以救荒,《尔雅翼·释草》称其“秋后结实,黑房累累如穄,故俗人因谓之木粟,其米可为饭,亦有可以酿酒者”。《元史·食货志》记前至元七年颁行农桑之制,“令各社布种苜蓿,以防饥年”。江南大面积栽种苜蓿,相传是由于明正统初巡抚都御史周忱的号召,因为苜蓿不但可作救荒之食,又因它的根系蔓衍而坚韧,能起固堤作用,故《齐民要术》卷三就说:“此物长生,种者一劳永逸,都邑负郭所宜种之。”

苏州野菜虽多,苜蓿更为人偏爱,包天笑《衣食住行的百年变迁》说:“金花菜,植物学上唤做苜蓿,别处地方,又唤作草头。乡村人家小儿女,携一竹篮,在田陌间可以挑取一满篮而归,售诸城市,每扎仅制钱二文。金花菜鲜嫩可口,且富营养,我颇喜之。”太仓一带所出,向有盛名,佩琴《新馔经》说:“太仓之金花菜,则辟地种植,浇以肥水,专供食品,故其肥美尤较他处所产之金花菜为佳,若拌以太仓老意诚之药制糟油,食之别饶风味。金花菜,太仓俗呼‘草头’。”

苏州人吃苜蓿,做法很多,最常见用旺火重油来炒,属供馔上品。也可作狮子头、红烧肘子、红烧鸡鸭的衬菜,既入荤味,又解油腻。焯后凉拌,加入火腿、虾米、鸡丝、榨菜、香干,别有滋味。还可以腌了来吃，一是炒熟后盛入酱油钵中，可以下粥佐面；一是盐渍后晒干，加入细盐、茴香等，苏州人称腌金花菜，那是作为消闲吃食的，旧时街头巷尾，时常会听到“腌金花菜黄连头”的叫卖声。范烟桥《茶烟歇·苏蔬》说：“苏州人好吃腌金花菜，金花菜随处有之，然卖者叫货，辄言来自太仓，不知何故？且其声悠扬，若有一定节奏者。老友沈仲云曾拟为歌谱，颇相肖也。山塘女子，稚者卖花，老者则卖金花菜与黄连头，同一筠篮臂挽，风韵悬殊矣。”馆子里则有汤酱草头、生煸草头诸品，都是改进家厨后成为市食的。

蚕　豆

蚕豆，或说以蚕时始熟得名，或说以其荚果状如老蚕得名，也称胡豆、罗汉豆、佛豆、倭豆、寒豆、夏豆等，属豆科一年生或二年生草本。它的荚果大而肥厚，种子椭圆扁平，分布很广，种子富含蛋白质、淀粉，可作粮食或副食，新鲜豆粒作蔬菜，茎、叶可作饲料或绿肥，花、荚果、种壳都可入药。

向以为蚕豆来自西域，《本草纲目·谷三》李时珍说：“此豆种亦自西胡来，虽与豌豆同名，同时种，而形性迥别。《太平御览》云，张骞使外国，得胡豆种归，指此也。今蜀人呼此为胡豆，而豌豆不复名胡豆矣。"但在湖州钱山漾新石器遗址就已发现蚕豆，说明我国南方四五千年前已经有了。

苏州一带，土地珍贵，很少大片种植蚕豆，只是在岸边、埂边、坟边、路边的隙地种上一点，作菜吃而已。惟太仓蚕豆质量好，销路广，就种得多一点，《古今图书集成·草木典》记太仓州，"蚕豆出双凤法轮寺前者尤佳，自双凤至南门亦据胜，大有如指顶者，他邑仅三分之一，性亦粗硬"。宣统《太仓州志》卷三也说："蚕豆，俗呼寒豆，出双凤镇法轮寺前者佳，近九都陆宣公庙前后出者尤胜，因号宣公豆。"因其粒大而扁，当地人俗呼为牛踏扁。其实牛踏扁不仅太仓有，其他地方也有，顾震涛《吴门表隐》卷九就说："牛踏扁（豆名）在连香桥，香而嫩，不可多得。"吴江蚕豆亦佳，乾隆《分湖志》卷三说："蚕豆，出芦墟非角圩，味甘美。"嘉庆《同里志》卷八则说："豆之属，曰青蚕豆。新鲜者，名同里青。"晚近将吴江之佳者统称为吴江青，范烟桥在《茶烟歇·立夏见三新》中说："三新中以蚕豆为最佳，吴江所产特腴美，过于他邑，盖皮薄如缯而糯，肉细如粉而腻，个中人号为吴江青。若在初穗时，摘而剥之，小如薏苡，煮而食之，可忘肉味。"

蚕豆是苏州岁时节物，顾禄《清嘉录》卷四说："立夏日，家设樱桃、青梅、穞麦，供神享先，名曰‘立夏见三新’。宴饮则有烧酒、酒酿、海蛳、馒头、面筋、芥菜、白笋、咸鸭蛋等品为佐，蚕豆亦于是日尝新。”蔡云《吴歈百绝》有曰：“消梅松脆樱桃熟，穞麦甘香蚕豆鲜。凫子调盐剖红玉，海蛳入馔数青钱。”沈朝初《忆江南》也咏道：“苏州好，豆荚唤新蚕。花底摘来和笋嫩，僧房煮后伴茶鲜。团坐牡丹前。”到了小满，又有“三新”，《清嘉录》卷四引《震泽志》说：“岁既获，即播菜麦。至夏初，则摘菜薹以为蔬，春菜子以为油，斩菜萁以为薪，磨麦穗以为面，杂以蚕豆，名曰‘春熟’。郡人又谓之‘小满见三新’。”夏至日又要防疰，《吴郡岁华纪丽》卷四说：“或用蚕豆小麦煮饭，名夏至饭。”太仓地方则煮夏至粥，宣统《太仓州志》卷三说：“夏至日，食夏至粥，以小麦、蚕豆、赤豆、红枣和米煮粥，互相馈遗。”七月初七乞巧，太仓巧果用蚕豆来做，《太仓州志》卷三说：“溲面簇花及剪蚕豆入油煎之，曰巧。”

孩儿们也用蚕豆来做玩物，丰子恺《梦痕》回忆儿时用豆荚来做“豆梗笛”和“蚕豆水龙”，趣味无穷。戴延年《吴语》则记清代苏州的情形，蚕豆“破荚出之，鲜翠可爱，小儿女辈每以指甲镂刻方胜连钱之属，衬以艳色花瓣，极其工巧，余戏名之曰豆盒云”。

蚕豆吃法很多,吴其濬《植物名实图考·谷类》说:“嫩者供烹,老者杂饭,干之为粉,炒之为果。”苏州人爱吃蚕豆,往往从上市吃到落市,甚至一年四季吃豆瓣、吃发芽豆,咸菜豆瓣汤则最是家常。当然新蚕豆得时令之宜,或清炒,或加竹笋丁、火腿丁、榨菜、腌芥菜、虾米等,都各有至味,惟应如《随园食单·小菜单》所说“随采随食方佳”。还有人家还将蚕豆剥去半壳,剪开豆瓣,下油锅炒松,作兰花样,称为兰花豆,下酒最佳。尤侗有《兰花豆》咏道:“本来种豆向南山,一旦熬成九畹兰。莫笑吴侬新样巧,满盘都作楚骚看。”还有五香豆、油氽豆瓣、糖豆瓣等,则是茶食店的货色。苏州旧时街头,有卖焐酥豆糖粥,则为他处所无。将蚕豆和糯米粥分别烧煮,蚕豆用旺火转文火焐至酥烂,再加赤砂糖水和桂花,糯米粥里也加入赤砂糖,成为糖粥,食时先将粥盛入碗中,再将豆酥舀入粥里,有香甜之味,且价格低廉,深受食客喜爱。

香　蕈

香蕈是古人的说法,泛指伞菌目菌类的可食用菌,因它们的子实体大小和菌盖颜色不同,种类很多,有蘑菇、香菇、草菇、口蘑、鸡枞、牛肝菌等,其中又有分别,如香菇有冬菇、春菇等,古人将其归入蕈部、芝部或木耳部,其中交错纵横,难辨清晰。

苏州西郊诸山和常熟虞山等处,野生菌很多,清康熙二十二年长洲吴林撰《吴蕈谱》一卷,记苏州山中野生蕈二十六种,分上中下三品,另列不可食的毒蕈,以便识辨。所举上品凡九种。

一是雷惊蕈,“一名戴沙,一名石蕈。二月间应惊蛰节候而产,故曰雷惊。时东风解冻,土松气暖,菌花如蕊,迸沙而生,故又曰戴沙。菌质外深褐色如赭,裥白如玉,莹洁可爱,大则伞张,味甘美柔脆。一种色黑者曰乌雷惊,色正黑裥带红,山中人谓红裥乌蕈,此种最早,先诸蕈而出,味甘滑。初生者俗呼蕈子,色黄者曰黄雷惊,嫩黄如染色似松花,故又名曰松花蕈,味殊胜。当蛰虫未动,毒蕈未生,下箸勿疑,为苏郡之佳胜,以冠诸蕈”。

二是梅树蕈,“多产梅树下,形小味殊,菌质淡白,略带微青,作莲肉色”。

三是菜花蕈,“质瘦小,外沉香色,裥白净,菌口稍卷,不作伞张,二三月菜花将开时生,故名”。

四是谷树蕈,“形瘦而小,高脚薄口,不作伞张,质纯黄如沉香色,味鲜,作羹微韧,二三月生”。

五是茶棵蕈,“黄黑如酱色,白裥,大面长脚,味胜,微韧。阳山西白龙祠左右茶树下往往有之，山园茶棵下亦皆产，不及白龙者香美，祠僧云能清肺”。

六是桑树蕈，“紫色，亦有黄色者，形如香蕈，产桑园中，沿山园树下处处有之，光福诸山尤多。山中人语云食之眼明、解毒”。

七是鹅子蕈，“俗云鹅卵蕈，状类鹅子形大，不作伞张，外有护膜，裥在膜内，久则裂开，方见有折，味殊甘滑。白者曰粉鹅子，黄者曰黄鹅子，黑者曰灰鹅子，俱为佳品；更有黄色小于鹅子者，曰黄鸡卵蕈，亦一类也”。

八是茅柴蕈，“产贞山、玉遮山，丛生茅柴中，菌质上下涓洁，莹白圆润，初如蕊珠，大则伞张，折作茜色，如桃花含露，稍久变深紫色，一名红裥蕈，味鲜美柔脆，春夏俱有”。

九是糖蕈，“即松蕈也，于松树茂密处，松花飘坠，著土生菌，一名珠玉蕈，赭紫色，俗所谓紫糖色也，卷沿深裥，味甘如糖，故名糖蕈。黄山、阳山皆有之，惟锦峰山昭明寺左右产之尤甚，最为佳品”。

上品诸蕈中，以松蕈最有名，俗称松伞，生长春秋两季，外形青霉绿烂，颇不耐看，又因散长在草丛树脚或绿苔地上，颜色不显，采集不易。松蕈每在秋天上市，以小如制钱而厚者为上，乃时令佳品。僧家有种种做法，以饷施主。入荤腥亦有至味，如炒虾仁、炒肉丝、炒鸡丝等。瀛若氏《三风十愆记·记饮馔》记有一道珍肴:"鸡鸭肾,亦收之厨司家、酒馆中,沃以酒浆,取泉水煮为羹,和以鲜笋芽或鲜嫩松花菌,味美异常。"此非豪侈人家不能办。

取新鲜松蕈加菜油、酱油熬之,称为蕈油,香气扑鼻,鲜美异味,人称素中之王,乃不可多得的调料,可藏数月之久。寺院里,僧厨都熬制蕈油,盛在罐子里,作为待客的上品。至于寻常人家,也从市上买来松花蕈熬油,炒菜漉面,妙不可言。夏曾传《随园食单补证》说:"以鲜菌或入香油,或入酱油,均可。光福、木渎人优为之,余向于天平之无隐庵尝之,大妹家亦尝制以见遗,味终不及。"民国时木渎石家饭店自制松蕈油,选料严格,制作精湛,堪称一方特产。至今常熟兴福寺有蕈油面供应,天天吃客盈门。

王世襄在《春菰秋蕈总关情》中回忆:"记得十一二岁时,随母亲暂住南浔外家。南浔位在太湖之滨、江浙两省交界处。镇虽不大,却住着不少大户人家。到这里来佣工的农家妇女,大都来自洞庭东西山。服侍外婆的一位老妪,就是东山人。她每年深秋,都要从家带一甏'寒露蕈'来,清油中浸渍着一颗颗如钮扣大的蘑菰,还漂着几根灯草,据说有它可以解毒。这种野生菌只有寒露时节才出土，因而得名。其味之佳，可谓无与伦比。正因为它是外婆的珍馐，母亲不许我多吃，所以感到特别鲜美。"其实这一甏"寒露蕈"就是蕈油，《洞庭东山物产考》卷三说："用豆油或菜油，加盐、糖、酱油熬煮，可以入坛致远。"熬过的蕈并不捞出，如果用来炒菜漉面就是佐料了。

有的野生菌有毒，不能误食，否则性命不保，王士禛《香祖笔记》卷十一就记了两起中毒事件，一曰："菌毒往往至杀人，而世人不察，或以性命殉之。予门人吴江叶进士元礼（舒崇）之父叔，少同读书山中，一日得佳菌，烹而食之，皆死。"二曰："天平山僧得蕈一丛，煮食之，大吐，内三人取鸳鸯草啖之，遂愈；二人不啖，竟死。"至道光年间，寒山寺更发生一起惨剧，据薛福成《庸盦笔记》卷四记载，那天方丈生日，特设素面以供诸僧，厨人见后园中有两枚大蕈，就撷以调羹浇汤，想不到，"寺僧之老者、弱者、住持者、过客者，凡一百四十馀人"，尽死寺中，惟那厨人未吃面，仅闻其香，故昏迷后复苏。这样一来，寒山寺就给废了。这些往事，应该引以为戒。

二〇一五年三月十五日

剔目和片茶

洞庭两山向以出茶闻名，早先则西山更著，正德《姑苏志》卷十四说："茶出吴县西山，谷雨前采焙极细者，贩于市，争先腾价，以雨前为贵也。昔洞庭出茶尝入贡，水月院茶载《图经续纪》。"水月茶又有小青、吃摘诸名，然洞庭茶品非一，无名或有名已佚者，不知多少。如王世懋《二酉委谭》就记有一种云雾茶："时西山云雾新茗初至，张右伯适以见遗，茶色白，大作豆子香，几与虎丘埒。余时浴出，露坐明月下，亟命侍儿汲新水烹尝之，觉沆瀣入咽，两腋风生，念此境味都非宦路所有。琳泉张先生老而嗜茶，犹甚于余，时已就寝，不可呼之共啜，晨起复烹遗之，然已作第二义矣。"还有一种白茶，李鹤林《集异新钞》卷八说："包山寺有白茶树，花叶皆白，烹注瓯中，色同与泉，其香味类虎丘。一寺止一林，不知种自何来，植数十年矣。山有素封，欲媚献者，厚价买于寺僧，移栽以献茶，竟萎绝种。"这云雾茶和白茶，都与虎丘茶相类，是否是虎丘茶的变种，已不得稽考了。

洞庭两山采茶，以节气论，清明前采摘的称“明前”，谷雨前采摘的称“雨前”，故更多无名之茶，就称“明前”、“雨前”。还有在十月采摘的，陈元靓《岁时广记》卷三十七引《初学记》曰：“冬月之阳，万物归之，以其温暖如春，故谓之小春，亦云小阳春。”这时采摘的茶就称“小春茶”，陈继儒《太平清话》卷一说：“吴人于十月采小春茶，此时不独逗漏花枝，而尤喜日光晴暖。从此蹉过，霜凄雁冻，不复可堪。”这都是以采摘时节而呼之，茶品是并不一样的。

约在明末清初，洞庭两山各有一种名茶，一曰剔目，一曰片茶。翁澍《具区志》卷六记道：“茶出洞庭包山者，名剔目，俗名细茶。出东山者，品最上，名片茶，制精者价倍于松萝。”王维德《林屋民风》卷十也有记载，文字完全相同。

剔目，产于西山，俗名细茶，应该与碧螺春仿佛，但其具体情形，已不得而知。且剔目之名，记咏者甚少，惟厉鹗《秋玉游洞庭回，以橘茶见饷》中有之，诗曰：“若士爱远游，逸翮不可攀。朝乘一掌风，夕至洞庭山。胸吞三万六千顷，大圆镜里八九罗烟鬟。奇文秘句满藤笈，山中清味携俱还。饷我洞庭橘，赤如莫釐峰头日。白傅拣贡馀，右军封题毕。翦从平蒂间折枝，逆鼻香霏甘齿溢。缄藏归待献老亲，不数湘湖杨梅顶山栗。饷我洞庭茶，鹰爪颗颗先春芽。虎丘近无种，剔目名可嘉。功能彻视比龙树，金鎞不怕轻翳遮。瀹以龚春壶子色最白，啜以吴十九盏浮云花。翩翩风腋乘兴到，左神幽墟列仙之所家。告诉我生困识字，素书探得何足夸。许我紫泉白芝炼毛骨，大胜尘土鳖躠于天涯。"关于剔目的色香味形，只能从诗中去揣拟了。

片茶，产于东山。片茶之说，古已有之，既是制作的方法，又指成品的形状。《宋史·食货志下五》记道："茶有二类，曰片茶，曰散茶。片茶蒸造，实卷模中串之，惟建、剑则既蒸而研，编竹为格，置焙室中，最为精洁，他处不能造。"周高起《洞山岕茶系》说："县官修贡，期以清明日入山肃祭，乃始开园采造，视松萝、虎丘而色香丰美，自是天家清供，名曰片茶。初亦如岕茶制，万历丙辰僧稠荫游松萝，乃仿制为片。"又说："近有采嫩叶，除尖蒂，抽细筋，炒之，亦曰片茶。"《具区志》称其"制精者价倍于松萝"，可见与松萝有同质相比的关系，罗愿《新安志》卷二记道："茶则有胜金、嫩桑、仙芝、来泉、先春、运合、华英之品，又有不及号者，是为片茶八种。"故东山片茶，就其色香味形来说，应与松萝仿佛。查慎行有《张研斋前辈饷梅花片茶》曰："摘得梅边小瓣香，雨馀出焙胜旗枪。茶人预入前宵梦，茗使旋分细色纲。水态花情论臭味，鬓丝禅榻借风光。开笼未敢轻煎点，待瀹清泉自在尝。”

在洞庭茶品中，剔目和片茶最少研究和描述，这与文献的缺失有关。

二〇一五年四月二日

碧螺春汛

碧螺春的流行，约在清初，与剔目、片茶有共存的阶段。相传它本是野茶，圣祖南巡才题名碧螺春，这个说法传播很广，至今商家仍以此作号召。王应奎在《柳南续笔》卷二里说："洞庭东山碧螺峰石壁产野茶数株，每岁土人持竹筐采归，以供日用，历数十年如是，未见其异也。康熙某年，按候以采，而其叶较多，筐不胜贮，因置怀间，茶得热气，异香忽发，采茶者争呼'吓杀人香'。'吓杀人'者，吴中方言也，因遂以名是茶云。自是以后，每值采茶，土人男女长幼务必沐浴更衣，尽室而往，贮不用筐，悉置怀间。而土人朱元正，独精制法，出自其家，尤称妙品，每斤价值三两。己卯岁，车驾幸太湖，宋公购此茶以进，上以其名不雅，题之曰碧螺春。自是地方大吏岁必采办，而售者往往以伪乱真。"圣祖南巡，言行详记于《南巡盛典》、《苏州府志》卷首《巡幸》等，均未见有题名碧螺春的事。

其实，迟在清初，就已有碧螺春这个名字了。吴伟业有《如梦令》词曰："镇日莺愁燕懒，遍地落红谁管。睡起爇沉香，小饮碧螺春盌。帘卷，帘卷，一任柳丝风软。”又有《查湾过友人饭》诗曰：“碧螺峰下去，宛转得山家。橘市人沽酿，桑村客焙茶。”两者一起来读，其缘果就清楚了。又，陈廷灿《续茶经》卷下之四引屈擢才《随见录》：“洞庭山有茶，微似岕而细，味甚甘香，俗呼为‘吓杀人’，产碧螺峰者尤佳，名碧螺春。”吴、屈两位都是明末清初人，可见碧螺春的得名，与圣祖仁皇帝无关。康雍时，这一野茶又称为洞庭春。缪谟《雪庄词》有《忆故人》一阕，题曰：“东山茶之最上者，名洞庭春，又名吓杀人。”词曰：“骑火惊雷，埭芽岕片俱奴隶。碧螺山下故人居，远信斜封寄。　　瓢饮难知此味。洞天春，深深琖底。去年尝后，舌本馀香，而今还记。”不管如何，碧螺春这个名字起得风雅而贴切，它条索纤细，卷曲似螺，茸毛披覆，银绿隐翠，正蕴含着无尽春色。

洞庭两山，气候温和，冬暖夏凉，云雾多，湿度大，适宜茶树生长。山上有柑橘、枇杷、杨梅、石榴等二十多种果木，茶树与果木间植，桠枝相接，根脉相通，故相传碧螺春兼具花香、果味、茶韵。碧螺春采早摘嫩，每年春分前后开始采撷，至谷雨前后结束，以春分至清明采制的品质为最佳。一芽一叶初展，芽叶甚小，叶形卷如雀舌，嫩叶背面密生茸毛，也称做白毫，白毫越多，品质越好。炒制半斤好茶，约需七八万个芽叶，可见它的精细。

朱琛《洞庭东山物产考》卷二说："茶有明前、雨前之名，因摘叶之迟早而分粗细也。采茶以黎明，用指爪掐嫩芽，不以手揉，置筐中覆以湿巾，防其枯焦。回家拣去枝梗，又分嫩尖一叶二叶，或嫩尖连一叶，为一旗一枪，随拣随做。做法用净锅，入叶约四五两，先用文火，次微旺，两手入锅急急抄转，以半熟为度，过熟则焦而香散，不足则香气未透。抄起入瓷盆中，从旁以扇扇之，否则色黄香减矣。"至于洞庭两山女子采焙碧螺春的故事，向为旧时文人津津乐道，郭麐《灵芬馆诗话续》卷二说："洞庭产茶名碧萝春，色香味不减龙井，而鲜嫩过之。相传不用火焙，采后以薄纸裹，著女郎胸前，俟干取出，故虽纤芽细粒，而无焦卷之患。"据说，民国年间每年清明前十天至五天，有富绅以重金招请当地少女上山采茶，采得茶后放入怀中或含在口里，以为是绝妙之品。

苏轼诗曰："对作小诗君莫笑，从来佳茗似佳人。"自古以来，人们多以女子喻茶，碧螺春似乎更有一种清丽可人的风姿。它碧色悦目，娇嫩易折，正如怀春少女含情脉脉。它最美好的时候，绚烂而短促，正仿佛一个女子的青春，稍纵即逝。再说，采茶者大都为少女少妇，纤手轻摘，纳于怀中，未免让人想起这片片茶叶里满含的柔情。梁同书《谢人惠碧萝春》诗曰："此茶自昔知者希，精气不关火焙足。蛾眉十五采摘时，一抹酥胸蒸绿玉。纤裢不惜春雨干，满栈真成乳花馥。”虽说得有几分轻薄，但实在也写出了碧螺春那如同少女一样的神韵。

碧螺春的汤色碧绿清澈，叶底嫩绿明亮，香气浓郁，滋味醇厚，爽口而又有回甜的感觉。俞樾在《春在堂随笔》卷二说：“洞庭山出茶叶，名碧萝春。余寓苏久，数有以馈者，然佳者亦不易得。屠君石巨，居山中，以《隐梅庵图》属题，饷一小瓶，色味香俱清绝。余携至诂经精舍，汲西湖水瀹碧萝春，叹曰：‘穷措大口福，被此折尽矣。’”曲园老人所啜者，乃碧螺春之佳品，难怪有如此的赞叹。

前人咏碧螺春者很多，王文治《方伯署斋试碧螺春新茶，次韵一首。茶产洞庭山，胡云坡廉使所寄》曰：“乡园五千里，风景常回溯。羁愁花合知，离恨莺能诉。春游饶胜事，遥羡欲成妒。山塘原酒海，洞庭亦茶库。谱岂君谟编，赐异子瞻吁。龙井尚舆儓，何论官与附（兰州官设茶局，有官茶、附茶之名）。细蕊泫微云，嫩叶卷轻露。嘉名锡碧螺，小酌消餍饇。皋兰边徼地，久被熙阳煦。文明渐及肩，物产难学步。衙斋华正华，苔径雨初雨。朋俦既簪盍，卷轴还棋布。茗会沸新泉，以代清暑赋。净渌注定瓯，纤尘不可污。炎天一入口，有似衣逢澍。远道谁封题，罢饮翻愕顾。平生为口忙，获此亦前数。初倾锺乳滴，久沃雀舌吐。

瓮醅陋浮蛆，臼药胜寒兔。依公忘逆旅，亦复盼江树。归家应采寄，日暮呼春渡。”谢元淮《偕于云章少府锺雯、夏静甫茂才尚忠、林鲁卿保昌、锺鹭于振飞两记室步至茆棚僧舍烹碧螺春茗》曰：“越涧无三里，同游得五人。言寻翠峰寺，共试碧螺春。山邃岩为屋，僧闲鸟作邻。溪泉清见底，好为濯缁尘。”李慈铭《水调歌头·伯寅侍郎馈洞庭碧螺春新茗赋谢》曰：“谁摘碧天色，点入小龙团。太湖万顷云水，渲染几经年。应是露华春晓，多少渔娘眉翠，滴向镜台边。采采筠笼去，还道黛螺奁。　　龙井洁，武夷润，岕山鲜。瓷瓯银碗同涤，三美一齐兼。时有惠风徐至，赢得嫩香盈抱，绿唾上衣妍。想见蓬壶境，清绕御炉烟。”说尽了碧螺春的佳妙。

淡远的旧事可以不说，说点近事吧，一向不善饮茶的宗璞，对碧螺春却颇多留恋，她在《风庐茶事》里说：“有一阵很喜欢碧螺春，毛茸茸的小叶，看着便特别，茶色碧莹莹的，喝起来有点像《小五义》中那位壮士对茶的形容：‘香喷喷的，甜丝丝的，苦因因的。’这几年不知何故，芳踪隐匿，无处寻觅。”情有独锺，而又不可复得，怅然之情，溢于纸面。又某年，汪曾祺在东山春在楼吃茶，那是新采焙的碧螺春，品啜之际，他不由信服龚定庵所说的“天下第一”，然而这碧螺春却是泡在大碗里的，感到不可思议，似乎只有精致的细瓷茶具，才能与这种娇细的茶叶相得益彰，后来见到陆文夫，便问其故，陆文夫说碧螺春就是讲究用大碗喝，“茶极细，器极粗”，正是饮茶艺术的辩证法。汪曾祺听了，不由莞尔。

碧螺春以雨前采焙者为贵，陈文述《洞庭揽胜画册诗》曰：“山晚碧痕深，山晓螺痕浅。数重苍翠中，早春有佳荈。回首忆龙泓，九溪隔云巘。”自注：“碧螺峰产佳茗，曰碧螺春，色香俱绝，谷雨前采以入贡。”潜庵《苏台竹枝词》有曰：“邀客登楼细品茶，碧螺春试雨前嘉。一瓯移近红阑坐，为爱花香插鬓斜。”品饮碧螺春，宜用洁净透明的玻璃杯，先放开水，不能太烫，然后放入茶叶，茶叶入水，渐渐下沉，这时杯中茸毛浮起，如白云翻滚，雪花飞舞，并散发袭人清香。朱琛《洞庭东山物产考》卷二说：“碧螺春较龙井等为香，然味薄，瀹之不过三次。”喝碧螺春，只能三开，第一开色淡味清，第二开色碧味醇，第三开色澄味甘，此后清淡如白水了。

茶人对碧螺春都很锺情，有的还别出心裁，使之韵味更浓。周瘦鹃记了一件事，他在《洞庭碧螺春》里说：“一九五五年七月七日新七夕的清晨七时，苏州市文物保管会和园林管理处同人，在拙政园的见山楼上，举行了一次联欢茶话。品茶专家汪星伯兄忽发雅兴，前一晚先将碧螺春用桑皮纸包作十馀小包，安放在莲池里已经开放的莲花中间。早起一一取出冲饮，先还不觉得怎样，到得二泡三泡之后，就莲香沁脾了。我们边赏楼下带露初放的朵朵红莲，边啜着满含莲香的碧螺春，真是其乐陶陶。我就胡诌了三首诗，给它夸张一下：'玉井初收梅雨水，洞庭新摘碧螺春。昨宵曾就莲房宿，花露花香满一身。''及时行乐未为奢，隽侣招邀共品茶。都道狮峰无此味，舌端似放妙莲花。''翠盖红裳艳若霞，茗边吟赏乐无涯。卢仝七椀寻常事，输我香莲一盏茶。'末二句分明在那位品茶前辈面前骄傲自满，未免太不客气。然而我敢肯定他老人家断断不曾吃过这种茶，因为那时碧螺春还没有发现，何况它还在莲房中借宿过一夜的呢，可就尽由我放胆地吹一吹法螺了。"其实，这并不是汪星伯的发明，前人早就这样做了，沈复《浮生六记·闲情记趣》记道："夏月荷花初开时，晚含而晓放。芸用小纱囊撮茶叶少许，置花心。明早取出，烹天泉水泡之，香韵尤绝。"王韬《漫游随录·古墅探梅》记甫里古刹海藏禅院，"池中多种莲花，红白烂熳，引手可摘。花时芬芳远彻，满室清香。余戚串家尝居此，每于日晚，置茶叶于花心，及晨取出，以清泉瀹之，其香沁齿"。其实，这是元明时莲花茶的做法，只是及晨即饮，不作收藏而已。这种莲花点茶法，用的是什么茶，沈复和王韬都没有说，想来应该是像碧螺春那样的嫩茶。

自清初起，碧螺春的销量越来越大。据朱琛《洞庭东山物产考》卷首的物产输出表记载，东山一地输出的碧螺春，光绪三十四年为三千二百五十斤，宣统二年为四千一百二十五斤，民国元年为四千三百六十斤。由于洞庭两山茶园有限，且地产碧螺春，采摘期较晚，而市场又供不应求，近十几年来，它的品种就复杂起来，想要买到真正地产碧螺春，也就不是容易的事了。

二〇一五年四月八日

缥缈楼和壑舟园

缥缈楼在洞庭东山朱巷，明末里人朱必抡筑。

朱必抡，字珩璧，万历二十九年生人，清顺治十七年年六十，归庄代吴伟业作《朱珩璧六十寿序》，记写了其人的大略：“洞庭朱君珩璧，以上章困敦炎岁年登六十，人日为其揽揆之辰，山中友人叶允文等将往觞焉，以祝嘏之辞来请。余昔年官国学时，君方为太学上舍，有一日之雅，因不能辞。余尝谓吴中山水奇胜，莫过于洞庭，每渡太湖，望见缥缈、莫釐两峰，不觉屐齿之前。览诸古迹，知甪里之宅，刘根之坛，灵威丈人之洞，低徊留之不能去。其地又颇生人才，如王文恪、施修撰以下，指不胜屈，向又多富比陶、卫，年及期颐者。盖洞庭山深土厚，震泽环之，气之所聚，固宜然也。吾闻朱君居莫釐之麓，有园亭花木之胜，特建高楼，名之曰缥缈，以望西山。崇祯末，以人才举，尝登金门，上玉堂。顷之，以时方多难，遂遁迹山中。于是拥东山之姬侍，罗后堂之丝竹，曼睩盛鬋，沓进于前，《激楚》、《阳阿》，不绝于耳，而又精于彼家之术，因以为养生之具。”

康熙六年春，吴伟业偕穆云桂、孙以敬等游东西洞庭，访缥缈楼，时必抡亡故已有年矣。吴伟业作《过东山朱氏画楼有感并序》曰："东洞庭以山后为尤胜，有碧山里，朱君筑楼教其家姬歌舞。君每归自湖中，不半里，令从者据船屋作铁笛数弄，家人闻之皆出。楼西有赤栏干累丈馀，诸姬十二人，艳妆凝睇，指点归舟于烟波杳霭间。既至，即洞箫钿鼓，谐笑并作，见者初不类人世也。君以布衣畜妓，晚而有指索其所爱者，以是不乐，遣去，无何竟卒。余偶以春日过其里，虽帘幙凝尘，而湖山晴美，楼头有红杏一株，傍檐欲笑。客为余言，君生平爱花，病困，犹扶而沥酒，再拜致别。诸伎中有紫云者，为感其意，至今守志不嫁。嗟乎！由此足以得君之为人矣，为题五言诗于壁上：'尽说凝眸望，东风徙倚身。如何踏歌处，不见看花人。旧曲抛红豆，新愁长白蘋。伤心关盼盼，又是一年春。'"自梅村以后，朱氏画楼故事，世代相传，为人念念不忘，叶承桂《太湖竹枝词》咏道："金钗十二妓成围，水色山光映舞衣。铁笛数声灯影乱，赤栏干外画船归。"

朱必抡的家世不详，其父祖辈或为洞庭商贾，故家境富饶。翁澍《具区志》卷十一说："必抡性豪迈，好声伎，教习女梨园数人，构楼以为歌舞地。必抡当鼎革之后，自留都归，享园林声色之乐垂二十年，至今山中人艳称之。"《七十二峰足征集》卷二十六有其兄必振小传，附及必抡："伊弟必抡，字珩璧，性豪华，喜声色。其居傍湖，迎笠泽之洪涛，面西山之缥缈，有楼矗然在苍翠间，曰缥缈楼。尝妙选名姝，歌舞其中，花晨月夕，亦与诸名士张乐游观，出家姬佐酒，如西园雅集故事。既病，犹令人掖以登楼，四望云山，潸焉出涕，酹酒丈人峰石，揖而别之。后吴梅村先生过其地，为诗以吊焉。"

缥缈楼起建于何时，已不可考，其额为范允临所题，则当在崇祯十四年前。顺治十二年，钱谦益往游，有《朱内翰开宴两首》云："飞楼缥缈面湖光，罨画青山枕画廊。内史旧分丹漆笔，嫖姚新试绿沉枪。听残金钥谈因梦，焚却银鱼入戏场。四者难并君自惜，肯辞丝竹出中堂。""十眉环列饮秋光，未了寒暄趣命觞。拍岸湖波翻绿醑，衔山日影逗红妆。看花禁夺翻经眼，征烛防赊恼客肠。惜别且携残梦去，瞪瞢归路若为长。"许元功则有《陪钱牧翁登朱珩璧缥缈楼》云："好山何必峰全露，最喜初登雾未开。林屋云霞常映带，石公风雨欲飞来。白蘋渔艇炊烟出，红叶人家夕照回。对酒放歌应不惜，凄凉直北是苏台。"缥缈楼既是楼名，又代指整个园墅，其间亭台轩阁，水石涧道，今已不能得其胜概。一说园中有十二楼，陈文述《洞庭揽胜画册诗·朱氏十二楼》云："美人艳罗绮，豪家纵歌舞。何处十二楼，玉颜已黄土。一篇祭酒诗，青山与终古。”自注：“前代富民朱某家多姬妾，各居一楼，每出游薄暮归，则诸姬登楼张灯奏乐迎之，《梅村集》中有诗。”这大概也是附会而来的。必抡尝刻《缥缈楼丛帖》嵌置廊壁，有李怀琳草书《断交书》三石、黄庭坚行书一石、米芾行书二石、叶白泉草书《蜀道难》四石，凡十石。

必抡以布衣置家班，在当时名闻遐迩，四方名士渡湖而来，在缥缈楼中歌舞递进，觞咏间作。周采有《朱珩璧席上观女剧》咏道：“相思优孟较来真，一度追欢一怆神。借得传奇虚话本，分明心事语他人。”“彩甲花盔隐绣裙，汗流白雪乱香云。等闲巾帼成何事，今日方知娘子军。”“新莺啼处鼓频挝，檀板轻催欲出花。少妇宫袍生百媚，依稀忆得旧官家。”“出出春心眉语时，凤凰箫转度声迟。断肠诗是缠头物，漫惹苏州一段痴。”

必抡的家姬不止十数，记有名姓的，仅知有碧云、紫云，两人俱善歌舞、精丝竹。碧云姓陈，尤通文墨，最受必抡宠爱。必抡晚年，遣嫁诸姬，碧云归广平路泽浓。泽浓字安卿，振飞第三子，唐王赐名太平，授兵部职方员外郎。许聚有《贺路安卿七夕纳宠》，其序曰：“鹊桥暂渡，天上旧闻，鸾驭初临，人间巧合。来从金谷，幸季伦之留得绿珠；约自冰人，鄙卫公之窃携红拂。教成歌舞，用尽黄金（姬姓陈，为朱珩璧家伎），赠与衣装，谢听白雪。

遣姬嫁妾，达人表其旷怀；选色征声，侠士销其壮志。宠爱等之掌上，阮郎奚似刘郎，云雨托之梦。”碧云归泽浓后，遥寄一书，以谢故主，集唐二十绝句，致其惓惓之情。至康熙中，碧云侍儿王六娘，年已六旬，犹能记忆数首，留下了这位女子的遗响，《寄缥缈楼主人》云：“春寒恻恻掩重门，窗外禽多杜宇魂。敲断玉钗红烛冷，一帘疏雨滴黄昏。”“闲愁闲恨日偏长，懒爇金炉百和香。自是离人魂易断，不堪端坐细思量。”“落花流水两无情，送尽东风过楚城。云鬓半偏新睡觉，一场春梦不分明。”“熟梅天气半晴阴，风折鸾离恨转深。惟有关山今夜月，只应偏照两人心。”“柳色参差掩画楼，依依残月下帘钩。泪痕不与君恩断，忍到黄昏枕上流。”“斜倚薰笼坐到明，碧天如洗夜云轻。自惭不及鸳鸯侣，双宿双飞过一生。”“八月霜飞柳遍黄，独眠人起合欢床。相逢空有刀环约，风月应知暗断肠。”“芙蓉帐小云屏暗，架上尘生翡翠裙。鬓向此时应有雪，梦来何处更为云。”“相见时难别亦难，楼前独自倚阑干。远书珍重何由达，青鸟殷勤为探看。”至于紫云，自愿终身于缥缈楼，其事见上引吴伟业《过东山朱氏画楼有感并序》。

碧云的侍儿王六娘，吴庄（定璋）曾见过，《七十二峰足征集》卷八十六碧云小传说：“王六娘者，珩璧家姬碧云之侍儿也，姓冯名金凤。碧云以歌舞丝竹擅名一时，为贵公子所歆艳，卒挟之北去。金凤后适寠人子王六，故人称之为王六娘云。六娘长养罗绮丛中，坐卧笙歌队里，初不知谋生计，一旦为寠人妇，日夕薪米，是忧困甚。康熙中，吴下闺阁尚高髻长鬓，六娘善梳掠，出入诸大家，称为梳头娘子。伯兄循一娶于安定氏，六娘为女伴，来时年已六旬，衣裳楚楚，顾盼犹多姿致，喜筵侍席，周旋应对，事事能当人意。予祖母席安人喜之，有使令辄呼王六娘云，暇时或言及朱家旧事，凄然泪下，曰：'真是一场春梦。'予少日犹忆中秋夜烧斗香于中庭，设家宴，六娘执壶在傍，安人顾之曰：'尔事碧云久尔，能歌乎？'六娘嘻曰：'自适人来，害羞三十五六年，未曾启口，多恐喉涩矣。'安人乃赐之卮酒使歌，六娘举手按拍，歌《西楼·楼会》一曲，悠扬宛转，风韵欲飞。复劳之卮酒使再歌，则唱韩世忠勤王，雄豪激烈，响落梁尘，初不类弱女子也。尝言碧云巧慧绝伦，词曲过目，即能按板，熟记唐诗数百首，能集句，更易院本上下场旧句，一新耳目，以为班头夺翠，后归广平，犹恋恋故主，集唐二十绝，缄寄缥缈楼。今可追忆者九首耳。余为碧云小传而并纪六娘本末，如《太真外传》之有念奴也。"

附带说一下必伦之兄必振，《七十二峰足征集》卷二十六小传记道："必振字仲玉，恂恂儒雅，出言有章。筑桃花涧别业，高亭曲沼，古木疏篁，具有尘外致。与诗人家不官、严开一、陆仲飞辈结社吟咏，拟古之外，别创新题，务期各浚心源，同归大雅，如《雁字》、《菊影》、《睡燕》、《遽谷木鱼声》、《明妃梦回汉宫》等作，争奇竞秀，脍炙人口。”家中也有女乐，其有《家园歌女演剧诸公赠诗屏障答和》咏道：“谁将彩笔缀风流，珠翠香兼翰墨浮。金缕歌随云暗度，霓裳舞罢月为留。春阳句艳屏间咏，秋水波分画里眸。已识雪儿能协律，新词累累亦堪讴。”必振的桃花涧别业，坐落在哪里，园景又如何，今已无可稽考了。

壑舟园也在洞庭东山，里人王鏊建于成化二十三年。王鏊字涤之，乃王鏊从兄，不乐仕进，取庄子“藏舟于壑”之意，以名其园。王鏊《壑舟记》说：“仲兄涤之既倦游，筑室洞庭之野，穹焉如舟，因曰是宜名壑舟。”蒋文藻、沈周为之写图，李旻、杨廷和等皆有题咏。不知何时废圮，且时移世改，连王氏后人竟也不知其坐落何处了。

清乾隆九年，王氏裔孙王金增、王奕组等买下朱氏缥缈楼，修葺增筑，改名壑舟园，以承先志。沈德潜、吴庄均作《壑舟园记》，吴庄说：“自成化丁未迄今乾隆甲子，越二百六十馀年，其间兵火沧桑，废兴不一，向之所谓壑舟者，已不可考，即图画诗文两大册，亦归虞山钱宗伯为玩物，数十年中且屡易主矣。吾友王子眉庵，贤而有文，富而能善用其财，念图册为太原世守之物，先人手泽存焉，弗忍遗弃，以善价赎归，装潢什袭，珍若球图。适里中朱氏有宅一区园数亩求售，王子谋于其伯兄槐庭、季弟忍庵，曰：'得此是足以壑吾舟也，壑吾舟而吾先人之意趣存焉，而吾先人之手泽寄焉，以游以息，快然无憾。'佥曰可。如其直而偿焉。遂临流卜地，征工选材，匠心造之。如舫颜曰壑舟，承先志也。又相度闲旷之所，架杰阁以遐揽湖山，题曰天绘，登斯阁也，如睹海上三山，灵奇满目，又如长房缩地，身入壶中，而不自知其已仙也。余尝欲作《洞庭名园记》，屈指首推此地。盖全湖山之助，又得前辈文章翰墨辉映岩穴，又得贤子孙踵事增华善为继述，有不同于金谷楼台、平泉树石者，故足尚也。其中云津堂、缥缈楼仍其旧制，略加修饰，古意犹存。以是见王子之为园，意在此而不在彼也。"

王金增有《壑舟园杂咏》十题，每题有注，记载园中故实。《壑舟》注："池旁作室类舫，左临清渠，右荫乔木，取余祖涤之公壑舟之名，踵而加焉，并摹先文恪所书图册卷端'壑舟'二字作额，因以名其园，念先泽也。"《得月亭》注："此先太傅惟道公亭名也，亭在王巷湖滨，吴匏庵为赋诗，载《震泽编》并邑志。园旧有亭，址高而面山，每月出山头，清光先得，因移旧名名之。癸亥岁，双桥侄来过，谓石桥曲木，有亭翼然，雅似沧浪，并题曰小沧浪。”《缥缈楼》注：“楼对缥缈峰，俯瞰巨浸，云峰四合，向为朱氏歌舞地，名流燕集无虚日，吴梅村、钱牧斋各赋诗。载《具区志》。”《云津堂》注：“堂临曲池，周遭绿荫，隔岸有巨石特立，若丈人峰者，向系朱珩璧累成。闻其临卒，举斗酒酹之作别。事载《足征集》诗人小传。”《天绘阁》注：“阁在缥缈楼之北，有八咏赋其景。”《留屧廊》注：“廊随地势之高下，透迤宛转，上得月亭，通缥缈楼，壁间多古名人碑刻，好古之士，每摩挲不忍去。”《培荆》注：“池东有小轩，临流可憩，索颜未得。伯兄槐亭曰：‘予读斯干之诗，室成燕饮，首歌兄弟，我与若赖先人绪业，爰处于斯，非式好无以善似绩也。’轩之西有荆树一株，因颜曰培荆，暇日必偕坐其中，叙天伦乐事焉。”《护兰室》注：“予弟忍庵性耐烦剧，园中量度布置，悉出一人，花木无不宝护而尤爱兰。尝曰：‘此吾家善人花也，非种锄之，恐不速，佳种护之，恐未至。’其生平嫉恶好善亦如之，作室曰护兰，以寄予弟意。”《碧螺书屋》注：“园傍当碧螺峰下，构室于园之东北隅，颇僻静，子侄辈读书其中，夜半月明，声琅琅出力外，较丝竹嘈杂，其雅俗何如也。”《艺芸馆》注：“余不敏，而好积书，读书略观大意，不求甚解，阅讫随手抛置，恐有散佚，裒而藏诸室，不能取益腹笥，徒艺芸辟蠹，方自愧云。”王金增又有《天绘阁八咏》，分咏“缥缈晴峦”、“碧螺拥翠”、“石公晚照”、“三山远帆”、“石桥渔艇”、“豸岭归樵”、“双墩出月”、“弁山积雪”。

王芑孙也是王氏后裔，有《蹩舟园杂述十首》，序曰：“先文恪有从兄曰涤之先生，高蹈不仕，自号蹩舟。沈石田尝作蹩舟园图，文恪为之记。其后园圮，图亦他失。入我朝，七世孙金增赎归其图，又买得石桥村朱氏废园，移文恪所书‘蹩舟’字榜之，而加葺治焉。既还旧观，续有题纪。此园虽非当日蹩舟故处，然朱在胜国时，亦山中豪右，家多姝丽，颂酒征歌，吴梅村一辈所尝游集者也。自归吾家又且百年，有屋数百间，聚族居之。然吾诸父兄弟或仕或贾，类皆处外，莫之锄理，荒然杞菊。余兹畹晚来游，盘桓信宿。观乎一湾之水，五亩之桑，半顷之芦，三分之竹，枇杷橘栗之果数十树，梅桂之华数百本，诚使闭门而求之，夫妇勤力，犹足为生，人生世上，又何必游宦为贤也哉。情话之馀，咨赍今昔，诗多不次，聊作园中他时故实尔。”

芑孙在诗中记下了一些当时的情况，如“旧题还署榜，往梦断歌钟”注：“明范允临书额亦失而复归。”“为问王园白，山茶闹一冬”注：“厅西白山茶一树，吴越间种皆出此，谓之王园白，一栽之直，当银五星，惟利所在，剪伐无已，故作阑御之。”“族葬周官制，祠堂汉旧仪”注：“园西桑地今以作墓群，从兄弟皆同藏，并以园屋为祠。”芑孙又有《抵东山入壑舟园，止宿缥缈楼下》云：“山园当日隐墙东，构筑依然积翠中。楼小远招峰一朵，桥弯横拓水三弓。竹声终夜浑疑雨，梅子经时辄堕风。坏壁蛛丝遍题字，几人须用碧纱笼。”

近人叶承丙《东山胜迹摭忆》（致王西野信）说：“壑舟原在陆巷，久圮。清初其孙眉庵者购朱氏旧宅（即缥缈楼）移建于此。其正厅曰景德堂，海宁陈世倌书，为东山最大之厅堂。宅旁即壑舟园。主厅四面厅，曰云津堂，赵灵均书；其后为孔安楼，祀壑舟公。堂前山石水潭，曲桥游廊，壑舟在焉。左为得月亭、艺芸馆等，右即为缥缈楼，五楹，范允临书。楼前右侧即天绘阁，虞景星书，面临太湖，登阁则湖光山色照人眉睫，较之缥缈楼之掩映湖光，又为另一种境界。此阁乾隆间王仲淮建，昔年弟曾藏有其《天绘阁集》四卷以及手迹多种，今俱失之矣。”叶氏久居东山，熟悉当地历史风物，但这段话说得颇有问题，向以为缥缈楼、云津堂为朱氏旧构，未曾移建；王金增等初葺壑舟园时已有天绘阁，王仲淮至乾隆四十一年才出生。叶氏之说，不知出典，录以待考。

二〇一五年七月二十二日

赛猛将

《隋书·地理志下》说:"江南之俗,火耕水耨,食鱼与稻,以渔猎为业。虽无蓄积之资,然而亦无饥馁。其俗信鬼神,好淫祀,父子或异居,此大抵然。"至明清时期,苏州"信鬼神、好淫祀"的风气更甚,特别是迎神赛会,四时不绝。王稺登《吴社编》说:"里社之设,所以祈年谷、祓灾祲、洽党闾、乐太平而已。吴风淫靡,喜讹尚怪,轻人道而重鬼神,舍医药而崇巫觋,毁宗庙而建淫祠,黜祖祢而尊野厉。呜呼!弊也久矣。每春夏之交,妄言神降,于是游手逐末,亡赖不逞之徒,张皇其事,乱市井之听,惑稚狂之见,朱门缨緌之士,白首耄耋之老,草莽镈笠之夫,建牙罴虎之客,红颜窈窕之媛,无不惊心夺志,移声动色,金钱玉帛,川委云输,百戏罗列,威仪杂沓,启僭窃之心,滋奸慝之行,长争斗之风,决奢淫之渐,溃三尺之防,废四民之业。嗟乎!是社之流生祸也。"

移风易俗,谈何容易,它既与经济活动、意识形态紧密联系,又是百姓日常的公共性娱乐活动,也就具有深厚坚固的社会基础。苏州的迎神赛会名目繁多，如有松花会、关王会、观音会、东岳会、三官会、水仙会、猛将会、无祀会、城隍会、洞庭福主会、禹王会、天妃会、解饷会、五圣会等等。其中猛将会，历史既久，分布亦广，深入民间，至今仍作为传统节日活动的一项，当然娱神的本旨已不存了。

猛将会，祭赛刘猛将，刘猛将究竟是谁，说法不一，或说是南宋高宗时名将刘锜，或说是其弟刘锐，或说是光宗时学者刘宰，或说是元末指挥使刘承忠，等等，总之神姓刘，职掌蝗蝻。苏州地方以刘锐之说较为流行，正德《姑苏志》卷二十七记道："猛将庙在中街路仁风坊之北，景定间因瓦塔而创，神本姓刘名锐，或云即宋名将刘锜弟，尝为先锋，陷敌保土者也。尝封吉祥王，故庙亦名吉祥庵。"朱鹤龄《猛将神祠记》考证说："吴俗盖通祀猛将神，相传神能逐疫驱蝗，田夫得之梦兆，祷求应若影响，而年来尤著。神号扬威王，又称吉祥王，不知受锡何时，其姓名于史传亦无考。惟卢熊《郡志》曰，神姓刘，因瓦塔而创。王鏊《志》又曰，或云名锐，即宋名将刘武穆锜之弟，尝为先锋陷敌。近人王穉登作《修庙疏》，又以为刘鄜王爱弟，鄜王者，光世也。神之为锜弟欤，光世弟欤，皆无确据，郡志或有所本。及考《宋史·刘锜传》，锜有侄曰汜，无所谓弟锐者。然古时名将，往往阖门戮力，子弟之功，归之父兄，则姓名隐没，盖多有之，安得以《宋史》不载，遂谓必无其人哉。锜于绍兴三年官宣抚使统制，寻为江东路副总管，六年权提举宿卫亲军，帝驻平江，解潜、王奇两军交斗，俱罢，令锜并将之。锜因请以前护副军及马军，通为前后左右中军与游奕，凡六军，每军千人，为十二将，扈从赴金陵。锜之功名，莫盛于顺昌之捷，然职主扈从，威著平江，安知其弟不尝以是时从戎，斩级提戈，立效兹土，没而遂歆其庙食耶。其生也，官封未显；其死也，名字不彰；则歘奋其杀敌，致果之英灵，为小民驱蝗逐疫，以享千百年牲牢酒醴之祀，此亦理之灼然不诬者，不得以史文未见而疑之也。”

苏州和其他地方一样，猛将神信仰甚盛，朱鹤龄《猛将神祠记》说：“北郊旧有猛将祠，每岁三四月，里人首缠绛帕，手执戈矛旗纛，击鼓吹箫，刲羊酾酒，相率而祈赛其中，曰将以祛旱蝗也。苟或不虔，则年谷不顺成，必曰神降之疵疠。其事虽出于村童野老之所为，而质之以《祭法》御菑捍患之文，与《诗》、《礼》除虫吁神之典，则大有合焉，圣王复兴，不能废也。”康熙二十四年，汤斌来任江宁巡抚，认为“苏松祠有五通、五显及刘猛将、五方贤圣诸名号，皆荒诞不经，而民间家祀户祝，饮食必祭，妖邪巫觋创为怪诞之说，愚夫愚妇为其所惑，牢不可破”（《毁淫祠以正人心疏》），刘猛将信仰亦予以禁止。至雍正二年，世宗方予解禁，列入祀典。《世宗宪皇帝圣训》卷八记道："七月丙午上谕大学士等，旧岁直隶总督利瓦伊钧奏称，畿辅地方，每有蝗蝻之害，土人虔祷于刘猛将军之庙，则蝗不为灾。朕念切恫瘝，凡事之有益于民生者，皆欲推广行之，且御灾捍患之神，载在祀典，即《大田》之诗亦云：'去其螟螣，及其蟊贼，无害我田稚。田祖有神，秉畀炎火。'是蝗蝻之害，古人亦未尝不藉神力驱除也。"故自雍正以后，各地的猛将祭赛活动才逐渐规范起来。

乾嘉以后，苏州奉祀猛将的神庙很多，顾震涛《吴门表隐》卷一说："瓦塔在宋仙洲巷吉祥庵，宋景定间建，即大猛将堂。神姓刘名锐，端平三年知文州，死元兵难，亦作刘武穆锜，冯班作刘信叔，又作刘韐，又作南唐刘仁瞻，有吉祥上义中天王之封，旁列八蜡神像。左庑有神姓顾，称管烛司。岁腊日及正月十三日，大府率属致祭。一在江村桥西，一在六直西美桥北，一在盘门营内，一在横塘，一在洞庭山杨湾，一在石匠巷北，一在卢师桥南，一在三条桥堍，其在穹窿坞者尤显应。村民舁像如飞，倾跌为敬，名曰'迎猛将'。此外士民尸祝，闾巷咸塑像祀之。夏秋之交，村民赛祀，名曰'青苗会'。其封神敕命碑，在灵岩山前丰盈庄，宋景定四年二月正书。"当时苏州的猛将庙遍布城乡，即使陋巷孤村亦有之。

正月十三日官祭之日，顾禄《清嘉录》卷一说：“十三日，官府致祭刘猛将军之辰，游人骈集于吉祥庵。庵中燃铜烛二，大如栝棬，半月始灭，俗呼‘大蜡烛’。相传神能驱蝗，天旱祷雨辄应，为福畎亩，故乡人酬答尤为心愫。前后数日，各乡村民击牲献醴，抬像游街，以赛猛将之神，谓之‘待猛将’。”又引吴江、震泽《志》：“元旦，坊巷乡村各为天曹神会，以赛猛将之神，谓神能驱蝗，故奉之。会各杂集老少为隶卒，鸣金击鼓，列队张盖，遍走城市，富家施以钱粟，至二十日或十五日罢。吴人事之甚严，累著灵异。”顾禄有《神弦曲》咏道：“扬旌旄，陈卤簿，焚旃檀，伐鼍鼓。三农竭脂膏，不惜脱布袴。但愿明神喜，生恐明神怒。借问此何神，尔农独畏怖。农云刘猛将，所司非细故。神怒蝗虫飞，神喜甘雨澍。斯神实有功，田祖同呵护。报赛亦人情，胡为乎中路。灾祥在一心，尔农宁不悟。”

香山的猛将会，也在正月举行。《香山小志·杂记》说：“香山各村集均供奉刘猛将神像，为其能驱蝗也。正月赛祀最为热闹，夜闻锣鼓喧阗，各村舁神赴宴，此往彼来迭为宾主。预日具柬邀请，大书‘年愚弟刘锜顿首拜’云云，此不知谁何作佣，乡愚之所为，本不值识者一噱。”廖文锦《香山杂咏四十二首》有云：

"将军过此扣铜钲,大戟长枪按队行。怪底八人齐掉足,直教掉得此身轻。"自注:"土人祀田神猛将甚虔。春间演会,扮猎户数队,各持刀杖,八人舁舆者必掉其足,传言足不掉则重不可舁。""掉足"乃吴语,即顿足,出会顿足亦当有节奏也。

七月半前后举行的猛将会,也称"烧青苗"或"青苗会"。《清嘉录》卷七记道:"是时,田夫耕耘甫毕,各醵钱以赛猛将之神。舁神于场,击牲设醴,鼓乐以酬,四野遍插五色纸旗,谓如是则飞蝗不为灾,谓之'烧青苗'。"烧青苗之俗,在横塘、木渎、光福一带为盛。《光福志》卷一说:"中元前后猛将会,村村有之,农人报以驱蝗之功也。"范广宪《光福梅枝词》有云:"山村七月竞烧香,闻说游神猛将狂。差喜稻花开似锦,无灾无难谢驱蝗。"自注:"乡人赛会游神,曰'狂猛将'。"

尹山的猛将会,各村轮值,三年中有一次规模特别盛大。褚人获《坚瓠癸集》卷二说:"长洲尹山乡人醵金祭赛猛将,三年一大会,装演故事,遍走村坊,众竞往观,男女若狂。"并引蠡墅严用三竹枝词云:"竞看赛会棹扁舟,村俏成群意气浮。桃柳风翻裙褶乱,歪斜吹散牡丹头。""髻少乌云步少莲,布衫浆簇靛痕鲜。青团黄粽争相买,挖出荷包尽白钱。""朝来挈伴过河东,为助神前花供工。每分三星须白镪,胎缨凉履各称雄。""会毕分班上快船，腿酸脚软急呼烟。面觔蔬菜新煎酒，醉饱归来就凳眠。”

晚近以来，东山猛将会的规模，最是盛大。东山有两处规模较大的猛将庙，一是莫釐峰东麓的灵祐庙，又称新庙；一是杨湾的杨湾庙，一名显灵庙。据《乡志类稿·风俗》记载，祭赛从大年初一开始，“乡人奉刘猛将于元旦出巡，谓之贺年，大纛摩天，金鼓动地，威仪甚盛，至一村，必于其广场上环行一转，曰‘打机叉’”；“六日，刘猛将巡湖滨，前山至席家湖，曰‘冲湖嘴’，前山各猛将至潦里村，听村人肩而逛，曰‘逛会’，晚有‘夜帮铎’；八日，各村发铎一遍，曰‘日帮锣’，又曰‘沿锣’，是夜出灯曰‘燎燔’，或曰‘潦反’，相传潦里村于前代集众抗义也；九日，前山各村小猛将集合塘子岭上，每以潦里人为前导，用一杏黄飞虎旂指麾，绣旂一举，舁神椅疾冲下岭，曰‘抢会’，时则万头攒动，人声鼎沸，足步雷鸣，势如潮涌，每致椅裂神踣，头破血淋，必争取第一，以卜蚕花茂盛，年必举行一次，谓可祓除不祥也，是日，前后山大猛将相率巡行前后山，曰‘漫山转’；十三日，致祭刘猛将神，然巨烛如栝棬，入暖阁，俗呼‘满算’”；十五日，“立竿刘猛将祠前，悬灯如塔，曰‘塔灯’”。至六月二十四日，“雷祖诞，进香于葑山庙，并抬刘猛将前往，登舟赏荷”。其实东山赛猛将的基本仪程，晚明时就形成了，佚名《洞庭竹枝词》有六首咏道：“岁朝处处赛神忙，猛将棚都芦席张。四野鸡声天未晓,村民络绎进头香。""无数锣声闹不休,灯笼齐挂竹梢头。沿来潦反人如蚁,捷步何曾肯暂留。""欲着新衣赴会场,却同亲友去商量。不辞劳苦多方借,会未看时先已忙。""漫山转日年初九,个个腰间白布缠。鞋子鱼鳞标布袜,飞跑宛似顺风船。""新庙游人兴趣长,经营小本骗儿郎。红男绿女归来晚,共向灯前讲会场。""十三猛将是生辰,鼓乐喧天共敬神。米粉三牲真巧制,素肴丰洁乱横陈。"

"漫山转"一作"满山转",乃东山赛猛将的一大特色,一直延续到民国年间。姚元灿《洞庭东山竹枝词》有云:"田租争迎猛将神,满山转遍岁华新。执鞭胥是衣冠客,新庙周遭近万人。"自注:"岁正月各村坊所迎猛将,多至数十座,游遍山头,名'满山转',次集于新庙。虽衣冠搢绅,亦与参执役肩舆之例。"朱润生《湖山诗影录》说:"乡人奉祀刘猛将,正月则有潦反漫山转,四月则有城隍会,均排列仪仗,或灯火辉煌,或盛饰台阁。自山前至山后环行一周,万人空巷往观,而以贳家山嘴为最胜。盖会众越干山岭、塘子岭后,复趋平地,行列重整,旌旗鲜明,他处无此庄严也。传明末路文贞公防湖匪,使山村联络,列炬周巡,贼遥望见之,以为神火满山,不敢近,疑为灵佑。今逢正月赛会,大小村落,户出一灯,以长竿挑持,绕市而行,望若火龙。锣声喧沸,如行十万军。名臣保障，功在一方，至今沿为故事，此潦反之由来也。”上世纪五十年代后，暂告一段落。八十年代又兴起，依然还是“漫山转”。

旧时东山还有蚕花会、城隍会，本与猛将信仰相联系，皆以祝丰年、驱疫疠也。《乡志类稿·风俗》说：“谷雨前三四日，始护种收蚕，养蚕之家，祀蚕神，像作妇饰而乘马，即古之马头娘也。节后，前后山城隍神(俗称)出巡，赛会仪仗甚盛。有时出台阁，以俊俏儿童装扮如剧中人，东山特精致。看会之地，以前山新庙、后山蒉家山嘴为胜。”其台阁也由来已久，晚明佚名《洞庭竹枝词》咏道：“春暖郊原雨乍晴，巧装台阁近清明。巍峨几入青云里，摇摆风前似送迎。”姚元灿《洞庭东山竹枝词》亦咏道：“台阁连年赛市坊，个中机括里衣藏。凭空幻作凌云舞，半是戎装半艳妆。”自注：“春三月居民竞赛台阁，以数岁俊貌童子为之扮演故事，或立云中，或居花上，争奇斗巧，高耸丈馀。暗缠熟铁条于衣底，其解数总以不露痕迹者为胜。”晚近以来，正月赛猛将，“漫山转”时亦装扮台阁，至今依然。

二〇一五年八月六日

平台山禹王庙

故老相传，太湖中有地脉，所谓地脉，即地中穴道。周处《风土记》说："阳羡县东有太湖，中有包山，山下有洞穴，潜行地中，云无所不通，谓之洞庭地脉。"程俱《松江赋》咏道："三江之凑，实为五湖，地脉四远，衍为松江。"又《善权洞》有云："尝闻包山境，中有林屋天。旁通号地脉，岳渎潜钩连。"方殿元《登洞庭山》有云："地脉在水底，不知谁氏辟。安得夸父步，西走巴陵出。"西山林屋洞，即俗传地脉之出入口，范成大《吴郡志》卷十五引《郡国志》："洞庭山有宫五门，东通林屋，西达峨眉，南接罗浮，北连岱岳。"又引《玄中记》："吴国西有具区，泽中包山有洞庭，入地下潜行，通琅邪东武。"洞庭山的得名，也是由此而来的。

太湖不但有地脉，还有地肺。顾震涛《吴门表隐》卷三说："太湖中有四峿，山甚小而不没，称地肺。"按《初学记》卷五引《三秦记》，称"地名曰地肺，可避洪水"，四峿因大水不没，也就与大禹治水的传说相联系，陈玉璂《七十二峰记》说："西洞庭之东有鼋，有禹期，鼋与洞庭接趾，独禹期索不可得，俗有呼峿者立禹庙，意其是乎。"故四嶋均建禹王庙，因与水平王并祀，或称水平王庙。始建均无考，北宋庆历七年知州事胡宿奏请列入祀典。

四嶋中，以北嶋名声最著，先介绍一下其他三嶋的情形。南嶋众安洲在消夏湾，俗称瓦山，徐开云《霖泉记》说："众安洲在消夏湾中，四面环水，水外环山，红菱碧莲，紫莼绿蘋，左萦右拂，俨一瀛洲也。洲之高不过一仞，大不逾数亩，虽巨浸不没，上有水平王庙，旧传后稷庶子佐禹治水有功，因祀之，其神甚灵。"《震泽编》卷四称"神像与几案皆石为之"。旧时每当朔望，庙中香火甚盛，晚近正殿有"有求必应"额，神像金装。上世纪六十年代毁，遗迹尚存。东嶋三洋洲在漫山之北，上有塔庙，明初洲没于湖，禹王像漂浮至光福冲山，于是改祀于当地郁使君庙。因四嶋阙一，有人就将东山、武山间的炼墩称为东嶋，但向无神庙。西嶋用头洲在甪里郑泾西北，梁大同三年已有重修禹庙的记载，至民国时，颓垣败栋，惟存数百年的参天大树。至上世纪六十年代，神像被毁，庙宇用作仓库。今已重修大殿，供禹王像，并增建山门等，成为一处旅游景点。

北嶋平台山，坐落太湖中，民国《吴县志》卷七十九说："山形坦而方，俗呼平台山。《震泽编》、《具区志》称为杜圻洲，范蠡泛湖，尝钓于此。庙之左右，自生平冈，外又起二小阜。庙后低落三四尺，为平田，田外复起平冈，迴抱如墉垣，结构天成。庙之右，有铁色砂，粒如菜子，亩许，不堪种植，相传神禹铸铁釜覆孽龙于此，铁气上腾，砂色乃尔。据《岳渎经》，禹获无支祈，用大索锁颈，徙淮阴龟山之足，俾淮水安流，或者亦事之所有也。其上无巨石，四址皆鹅卵石，石有光润可爱者，人不敢取，取则行舟有风涛之患，渔人恒相戒云。北峿居太湖中央，人迹不到，惟六桅渔船岁时祭献，以祈神贶。去峿之西九里，有铁色砂起于洪波中者，曰神砂，首屈曲如钩，广三丈许，蜿蜒水面，其长五里，尾随风摆漾，风北则南向，风南则北向，不出十步之外。距神砂里许，复有暗砂一道，不透水面，风浪至此，捍激而返，回波喷礴，如白龙之戏水者，其长二里，凡三曲。二砂尾皆遥指大雷山。”叶承桂《太湖竹枝词》咏道：“禹王庙壁暗龙蛇，铸釜犹存铁色砂。不信神功垂底定，只将祀典属渔家。”庙中石柱刻宋人徐雪庐题诗，诗云：“洞庭之阴小山幽，百灵雄卫来高丘。我当十月值乱离，携家远逐湖之洲。湖光接天晚浪静，树色照野晴云浮。霜黄林头橘柚熟，日冷波底蛟龙愁。北方兵马想已到，南国城郭谁能收。我今买酒且消忧，醉舞拔剑挥斗牛。会须投笔去封侯，斩取盗贼清南州。”徐雪庐，吴兴人，宋末避乱居于西洞庭。至清乾隆时，诗刻尚存。又据金友理《太湖备考》卷六记载，北峿禹王庙，俗称平台山庙，三楹两庑，有额“功高底定”，清初西山陈纶题联曰：“忘其身，忘其家，辛壬癸甲，阅四日而出，惟荒度土功，遂贻万世平成之治；注之海，注之江，疏瀹决排，历八年于外，能奋庸帝载，乃受一心人道之传。”

上世纪三十年代初，宜兴徐梦等一行曾登北峿，他在《风帆沙鸟画湖天》里说：“舟抵峿后，即令船上伙夫，携带香烛，随余等上岸。余观北峿，为湖中一大滩，并非山岛，树木丛密，周围约一二里，禹王庙即在峿之中央。余等入庙后，同人皆焚香顶礼，以谢其治水敷土之劳。盖禹为奠定中邦之第一人，其俭德丰功，又足为千秋模范，似不能不有相当敬礼。庙中除禹王外，尚有七相公、上天王、太君娘娘、萧天君诸神，木制小神船尤多，盖皆湖民所献。此时余等急欲知铁锅所在，于禹王神像宝座前后搜求，迄无所得。庙中原有看守香火二人，一吴姓，一李姓，住此已数代。询其情形，亦云不知。可知世俗所称，纯系荒诞不经之辞，要不能成为信史也。出庙后，余与崔髯环滩一周，搜求水边奇石。崔君获有重约三四斤大石一块，极为玲珑。余亦选得小石二枚，色绛而多孔，可作案头之供。滩边湖波汹涌，触石如破花，远帆片片，若接眉宇，可谓旷如浩如，几不知人间世为何物。兴趣既奋，愉快更增，流连多时。舟人已在岸傍催促，乃登舟，为简翁述拾石之由。舟人闻之，颇露惊诧，即以舟底储石三枚掷滩还之。盖湖中风俗，禹峙之石，不能携取，违之，定有风险，苟另以他石还掷，义在抵换，便可无事。此虽细故，然亦足见禹王之神，虽千载下犹有生气也。北峙地并不高，据云无论大水，从未淹没，湖民称为活地。守庙之李、吴二姓，除种艺自食外，倘有断绝，即悬一小旗于树干，湖船见之，当即驶救。此等湖船，皆估舶之流，奉神最虔，兼之水上生涯，无多大智识，宜其迷信神权，计划周到也。”

祭赛大禹，一年四期，分别是正月初八、清明日、七月初七、白露日，春秋两祭尤盛，必演全本《打渔杀家》。渔民每年十月开捕，捕得的第一条大鱼必送平台山禹王庙祭祀，吴庄《罛船竹枝词》咏道：“一年生计三冬好，吃食穿衣望有馀。牵得九囊多饱满，北峙山上献头鱼。”自注：“北峙禹庙，渔船冬月致祭，以网中第一大鱼上献，名曰头鱼，用昭诚敬，以祈神贶。”

今年八月一日，天大热，由城中去光福，再乘渔政快艇去平台山，湖上波涛汹涌，一望无垠，惟天尽处有一绿洲，历时颇久，迟迟登岸。虽称之为山，其实只是一片滩地，略高水面数尺，四周芦苇丛生。整个滩地几乎都给禹王庙占了，黄墙黑瓦，杂树丛生。庙门有额“太湖第一山”，自大门入，既有正落，又有旁落，神像种种，都乃近塑，与乡村各神祠无异。庙貌虽说尚算完好，但窗棂破败,门扉残坏,墙垣斑驳陆离,满地香烬蜡液。我在庙门内墙下,发现一方禁约碑,内容是禁窑上、坎上各鱼行盘剥太湖渔户,时间是光绪二十九年六月十三日,刊布人是“钦加同知衔尝戴花翎署理苏州府吴县正堂加十三级卓异加一级纪录八次李”,即李超琼。记得十多年前,苏州、无锡为平台山的归属起了纠纷,各执一词,苏州一方甚至拿出上世纪五十年代初平台山居民吴氏的土地证来作证明。大概当时未发现这方碑刻,否则铁证如山,毋庸争论了。

平台山禹王庙,向有专职庙祝,今知最早是吴氏,康熙时吴庄在《山分三等说》里就说:“北峿居民一家,即庙祝吴绍文也。”据徐梦《风帆沙鸟画湖天》说,上世纪三十年代的庙祝,仍是一吴姓,一李姓。大概一直延续到六十年代。这次陪我们去平台山的向导,就是吴氏的后人。据他说,从他祖父起,就离开平台山,到光福冲山定居。自此以后,庙中香火诸事,就由停泊在附近的渔民来料理了。

二〇一五年九月六日

上方山五通神

五通又称五显或五圣，其神五人，祖庙在徽州婺源，大观三年赐额灵顺。宣和五年，五神分封通贶、通佑、通泽、通惠、通济侯，故称五通。淳熙元年，五神又加封显应、显济、显佑、显灵、显宁公，故称五显。五圣，则是信众对祠神的尊称。在婺源五通确立之前，五通信仰已很普遍，其神格较为复杂，既与佛教关系密切，但有的享受荤血祭品，有的较多保留原有特征，因此而被视为淫祀。据《宋会要》礼二十记载，早在政和元年，开封府毁神祠一千三十八区，"五通、石将军、妲己三庙以淫祠废"。因婺源五通庙被赐封而被定为祖庙，也就引为正宗了，相传也最灵应，王炎《五显灵应集序》就说："地方百馀里，民近数万户，水旱有祷焉而无凶饥，疾疠有祷焉而无夭折，其庇多矣。馀威遗德，溢于四境之外，达于淮甸闽浙，无不信向，灵应孰大于是。"

婺源五通庙影响很大，连苏州一带的信众也去进香，顾儒宝《万寿祠记》说："五王自唐光启中降灵于徽之婺源，其初邦人祠之，历年多而施泽于民，久御灾捍患，卫国有功，登祀典，封王爵，宜也。惟神无方，由迩而远行，几遍天下，吴门距徽千有馀里，民之敬信过于他邦，怀香裹粮而往拜者，岁不知其几，犹为未足以展其朝夕慕仰之诚中，始建行祠焉。”苏州建五通行祠，均在南宋。其一在朱家园上善庵，祝允明《苏州五显神庙记》说：“吴郡行祠未的所始，或曰始于建炎，即织里桥南朱勔旧苑地为之。嘉熙中，比丘圆明重建正殿。宝祐甲寅，通复鼎新，又增大雄殿于东序。景定以后，正知善己继新三门、两庑，以逮行日，踵持月，有阅经之会，岁修庆佛之仪。入至元间日，又劝善男子孙子发与弟子荣特建华光前阁。元贞，众力复成后阁。大德中，如海购地拓广，再置吴江田为长明灯油及赡众费。延祐丁巳，寓公叶武德又作圆通殿。此皆延祐七年吴江州儒学教授顾儒宝记平江万寿灵顺行祠所述也。暨入皇朝，嗣者不弛而岁久颓燹。正德初，同守李公恒听讼于是，乃加葺饰，更创杰阁。”又一在西米巷（今西美巷）如意庵，嘉熙三年重建，刘铉《况知府重建五显王行祠记》说：“今之苏五显王庙于和丰坊者，或谓宋崇宁间其地旧有浮屠，嘉泰癸亥，僧普智始庵于其旁，名如意，而与其徒德晟于徽之婺源刻木肖五王及他神之像，归置于庵，复售邻地，以易其庐。宝庆乙酉，遂建阁名华严，上以度经，下以奉五王。至咸淳中，又撤阁为殿，而旱暵、水溢、疠疫之祷，悉有奇验，所以士庶归心，信崇深笃。”明正统中知府况锺重修，“葺旧则正殿、旁殿、楼阁、砖塔、楮炉、刹竿，新作则三门、两庑、厨湢，正殿之前有亭，旁有过廊，总二十有六楹”。可见当时五通是福佑之神，五通祠所亦均由僧人主持香火。

苏州五通信仰，由来已久，迟至明代中期，举迎神赛会，则以五方贤圣名之。王穉登《吴社编》说：“按五方贤圣之名，考古祀典、图经皆不载，或以为五行之神。余意吴为泽国，地滨五湖，当是五湖之神，或又以为五龙，亦此意也。《搜神记》则谓神皆有姓氏及爵土封号，其说不经。又谓其司主民间疾疫，故吴中是会必以五月行，盖祖其说。顷见五方之外，肖像为一缁一黄，缁曰劝善，黄曰匡阜，是蛇而足矣。神之首曰至尊，余谓至尊者，人君之号，惟龙有君象，宜当之。又其居为黄屋朱轩，僭拟乘舆，若舍夫神龙，而彼花竹之妖魅、川壑之精灵，尸之未有不膺，帝罚者也。”又说：“五方会由五龙堂始，故五龙堂会之盛甲于他境云。”虽然前人对五通和五方贤圣有所分别，其实他们的神格都说不清楚，可归属同类，汤斌《毁淫祠以正人心疏》就说：“苏松祠有五通、五显及刘猛将、五方贤圣诸名号，皆荒诞不经。”有的地方的五通庙，就称为五方贤圣祠。

关于五通神信仰，研究者甚多，我在这里只介绍石湖上方山上的事儿，这是苏州历史上，时间最悠久、规模最宏大的俗信活动。

上方山五通庙，约建于咸淳年间。元至正七年，杨维桢在《游石湖记》里说："回舟泊行春桥下，换舆登上方五王祠，少歇楞伽寺。寺僧晚堂领客观洌泉，登西崦石坛酌酒，偕至五王所，晚堂云：'吴王拜郊台址也。'诵唐贤许浑诗，且索予诗。予遂和浑诗曰：'五茸青草野麋来，城筑金锥亦已摧。白发老僧谈故事，五王宫殿是郊台。'"祠在上方寺内，卢襄《石湖志略·梵宇第八》记其规制："门内因山势为殿二重，其前为观音，后为五通，两翼亦各有神宇，岁时禳赛不绝。"至清初，叶方标《上方山记》说："中享殿三楹，位五方神，后楹祀大士。相传神原发祥于泗州，迁于楞伽，由大士致也。司香火者，黄冠与白足俱半，悉憨而肥。"可见上方山上的五王祠即五通庙，先由僧人管理，后来道士也参与了进来。

至明初，朱元璋定天下封功臣，梦万千阵亡兵卒来求祀典，遂以五人为伍，命江南人家立尺五小庙处处祭祀，俗称五圣堂。稗官小说多谓其淫邪不轨，魅惑妇女，乡人畏之，故香火特盛。朱象贤《闻见偶录》说："吴俗有五通神，相传为明太祖定鼎后，梦中求封者甚众，由是令各处乡里立小庙，每祀五人，以仿军中队伍之意，故俗称五圣。”在苏州更具体落实为从征张士诚之兵。顾公燮《丹午笔记》说：“明太祖立五显神于上方山，前对石湖，后倚吴山。匠指之曰：‘肉山酒海吃不尽，汤饭上了就起身。’盖以祀从征张士诚之兵，即五人为伍之意，无定名，无定数。街头巷口，每立一堂，堂中塑五神像，所谓以尺土封之，血食一方而已，非真有是神也。讵其神兴妖作怪，淫邪求食。有明至今三百馀年，祷祀络绎。”

自明初加入“五人为伍”这个祭祀对象后，五通的神格逐渐起了变化，一是乡村街坊，处处立庙，影响更广泛；二是兵卒好淫，乃其故智；三是与五路财神等建立了联系。上方山五通的变化具有典型性，巫觋更推波助澜，以邪术惑众，趋事益虔，游船鳞集，肩舆接踵，拜跪无隙地，比户奉为家堂之神，凡婚丧吉凶事，必开筵祭之，逐渐深入人心。从以下的记述中，可见上方山五通神格的转移，最终而成为淫邪之神。

莫震纂、莫旦增修《石湖志》卷三说：“五显即五通，又号五圣，婺源土神也。祭赛者远近毕至，四时不绝，虽风雪盛寒时亦然。有因疾病危急而祈祷者，有岁例须还者，有发心自求者。故携壶挈榼，累累而至，牲醴必丰腆，香纸必洁净，惟春秋二时最盛。虽全体猪羊，日不下数十事。庙宇不能容，则陈于天井，天井不能容，则陈于山门外。亦有就船上望山遥祭者。若冬至夜，则城门不闭，男女老稚，填街塞巷，接踵而来，如聚蚁然。亦有以活羊奠毕，就付与住持僧者，以故住持僧享用无尽，谓上方山为酒池肉林。先儒有云，庙宇得地之胜者其神灵，人心归附者其神灵，上方兼此二美，所以香火不绝欤？按五神历代累封王爵，南京鸡鸣山有庙，盖亦祀典之神也。既登祀典，岂不知所谓非所当祭，而祭之为淫祀者乎？今吴人登山之祭既如此，而又各立小庙于门，则亵渎甚矣，神亦自小矣。又尝挈其妻室至小民家饮食，乡党自好者不为，而谓正神为之乎。"同书卷六还记了祭祀用的妖船："妖船，亦寺下人所制，饰以五彩，名曰画船。其制有长五六尺者，有三四尺者，上有楼阁亭榭与夫篙橹帆樯，曲尽奇巧，其中床帐裀褥并各色器皿无一不备。佞神者买之，送于上方，悬之梁上，或买次一等者，挂于家堂，以希福荫。又疾病之际，则缚草为船，以送鬼祟，故村俗骂人者曰'落画船'。"

李流芳《重建五方贤圣殿疏》说："五方贤圣者，不知其为何神，吴越之间，庙而祀之者，所在皆是，而尤著于吾吴之楞伽山。山去郡十里，祷祀无虚日。相传以为石湖一片水，为神所据，舟行不敢遗秽浊湖中，犯之者，祸立至。吴中祀神，皆设圣母、五侯、五夫人，位洁粢盛，陈歌乐，婆娑累日夕，其赞神之词，叙置始末，甚详甚异，不知何所本，大要巫者傅会之耳。以五月十八日为神之诞辰，其期辄盛仪从鼓乐以迎神，谓之赛会，而独吾槎里为尤盛。”

陆粲《庚巳编》卷五说：“吴俗所奉妖神，号曰五圣，又曰五显灵公，乡村中呼为五郎神，盖深山老魅、山萧木客之类也。五魅皆称侯王，其牝称夫人，母称太夫人，又曰太妈。民畏之甚，家家置庙庄严，设五人冠服如王者，夫人为后妃饰。贫者绘像于板事之，曰‘圣板’。祭则杂以观音、城隍、土地之神，别祭马下，谓是其从官。每一举则击牲设乐，巫者叹歌，辞皆道神之出处，云神听之则乐，谓之‘茶筵’，尤盛者曰‘烧纸’。虽士大夫家皆然，小民竭产以从事，至称贷为之。一切事必祷，祷则许茶筵，以祈阴佑，偶获佑则归功于神，祸则自咎不诚，竟死不敢出一言怨讪。有疾病，巫卜动指五圣见责，或戒不得服药，愚人信之，有却医待尽者。又有一辈媪，能为收惊、见鬼诸法，自谓五圣阴教，其人率与鬼为奸云。城西楞伽山是魅巢窟，山中人言，往往见火炬出没湖中，或见五丈夫拥驺从姬妾入古坟屋下，张乐设宴，就地掷倒，竟夕乃散去，以为常。魅多乘人衰厄时作祟，所至移床坏户，阴窃财物，至能出火烧人屋。性又好淫妇女，涉邪及年当夭者多遭之，皆昏仆如醉，及醒，自言见贵人巍冠华服，仪卫甚都，宫室高焕如王者居，妇女列坐及旁侍者百数十辈，皆盛妆美色，其间鼓吹喧阗，服用极奢侈。与交合时，有物如板覆已，其冷似水。有夫者避不敢同寝，或强卧妇旁，辄为魅移置地上。其妖幻淫恶，不可胜道。”并举了十个发生在苏州的故事。

朱象贤《闻见偶录》说：“吴中之上方山建有大庙，塑神像，正中一妇，名太母，谓生五神者也，左列五男，即为五通，右列五女，为五夫人，谓五通之妻；最下旁侧有白须者，名马阿公，谓其仆也。能降祸福于人，有病或事故，即问巫者。无非云触犯某相公，或云某相公要某女某妇服侍，须用某某物件、某等筵席。到庙祈祷，画船箫鼓，阗塞于石湖；焚香礼拜，络绎于西郊。一日之费，不下数百金。虽系奸邪小人鼓惑，然时或验。如有愚邪小人，向神称贷者，至庙祷祝，取神前纸镪而归，后或负贩或赌博等类，即有利益。每岁必上息若干，几年还以若干倍，但无完日，稍或不然，则财利断绝，而且人口俱消灭矣。或有少艾为某相公所悦，其女于神来之时，如醉如迷，已嫁者夫妇不得同衾枕，在室者父母不得至床前，并或现手足之类，以示灵异。有祷而愈者，有百计供献而仍死者。是以吴中娶妇之家，必先祀五神，丰洁其仪，倩男巫宣祝疏意，乐人度曲吹弹，盈昼彻夜，谓之‘待茶筵’，然后迎娶。又有花髻送与新妇戴以入门，髻上为纸人一百有八，取天罡地煞以镇压邪神之意。因常有新妇入门之际，猝然暴卒故也。自是花烛之夕，新郎则下拜，新妇袖手一福已耳。”

缪彤在《毁上方山神祠记》中分析了五通的祸端：“盖因山之上有五通神祠，起于宋末，滥于明季，家祀而户尸之，以其能祸福人也，故人人惑之，病者之而祷焉，饮之食之，俚语名其山曰肉山，名其湖曰酒海。吁！可叹也。又有市井小人，谓称贷于神，可以致富，请经若干直为母，岁时增以若干直为子，惟恐后时神降之罚，此神之贪于财也。尤可恶者，有女巫见里中妇人病，辄绐其家民，曰神为祟，欲某氏女某氏妻妾荐枕席，其家父母或其夫叩头流血求神释之，幸而获免，则曰祷之力，其不免者，曰神不从，此神之耽于色也。吁！习俗之败坏，至此极矣。吾思福善祸淫，天之道也，神奉天之道，以祸福人者也，神而利人之口腹，啮人之财利，淫人之妇女，是不奉天道也。设有有司不奉天子之号令，其褫革僇辱久矣，尚能祸福人哉。”

五通之贪婪、淫邪自不待说。又相传其有一妹，人称陈姑娘，美而妖艳，好与男子相接，经常出现在越来溪南口的白洋湾一带，凡过水被惑，舟即倾覆，故乡人十分惧怕，又奈何不得，有“宝塔倒，姑娘好”之谚。范广宪《横泾杂咏》咏道：“娭婧风姿窈窕身，凌波罗袜惯生尘。白洋湾里船来往，心惑还防荐枕神。”至于“借阴债”，则藉以敛财。八月十七为五通生日，庙中供桌上堆满锡箔元宝之类，香客取用，便是“借阴债”，以后每月初一、十五都须在家中烧香化纸，第二年八月十七再来庙中“解钱粮”，也就是还本付息。如果本人死了，子孙还要继续还，故苏州有俗谚“上方山的阴债还勿清”。

五通在当时影响很大，王士禛在《分甘馀话》卷一中说：“余常不解吴俗好尚有三：斗马吊牌、吃河豚鱼、敬畏五通邪神，虽士大夫不能免。”可知当时苏州祀奉五通的，不仅是普通百姓，连士绅也迷信于此。这是一种危险的趋势，发展下去，小者酿成一方恶俗，大者诱惑人心，聚众滋事，引起动乱，必须彻底革除。

早在明代就有毁禁上方山五通之举，弘治时知府曹凤，隆庆间知府蔡国熙，都曾将庙像拆毁无遗，但未久就死灰复燃，愈演愈烈。清康熙二十四年，汤斌来任江宁巡抚不久，就对五通采取果断措施。叶方标《上方山记》说：“紫薇村中有老儒，女为神所魅，儒不胜其愤，投牒于汤。汤按临其地，曰：‘神聪明正直而壹者也，而污闺房之稚齿，乃求诸淫昏之鬼以祈福佑，何愚也。’与神约三日，其他徙，否则举而畀诸湖。其乡人夜梦神语曰：‘吾弗敢与汤公抗也，将避之。’越三日，果毁其像。”顾公燮《丹午笔记》说：“康熙二十四年，诸生范姓被五圣占夺其妻，再三求祷，不应而死。范怒，赴抚辕控告。汤公诣山，坐露台上，锁拿妖神，剥去冠带，各杖四十，投其像于湖。”王士禛《居易录》卷十八说：“汤尚书荆岘（斌）巡抚江苏，毁上方山五通祆庙，撤土偶扑之而投诸水。有人于地中得古石碣，上刻‘肉山酒海，遇汤而败’八字，云仙人张三丰书也。”

明年三月，汤斌上《毁淫祠以正人心疏》向皇上请示：“皇上治教，如日中天，岂容此淫昏之鬼肆行于光天化日之下。臣多方禁之，其风稍息，因臣以勘灾至淮，益肆猖獗，臣遂收取妖像，木偶者付之烈炬，土偶者投之深渊，檄行有司，凡如此类尽数查毁，撤其材木，备修学宫并葺城垣。民始而骇，继而疑，以为从前曾有官长厌其妖妄，锐意革除，神即降之祸殃，皆为臣危，至数月之后，见无他异，始大悟往日之非。然吴中师巫最黠而悍，诚恐臣去之后，必又造怪诞之说，箕敛民财，更议兴复，愚民无知，必复举国猖狂，不可禁遏。请赐特旨严禁，勒石山巅，令地方官加意巡察，有敢兴复淫祠者，作何治罪，其巫觋人等，尽行责令改业，勿使邪说诳惑民听。”

汤斌毁像之后，庙中改供关帝。相传五通之母名太母者，其像被僧人移匿塔内，漏网未毁，未久又供奉如旧。至道光年间，江苏巡抚裕谦尽拆殿宇，但星火未息，又娱神如故。届时巫觋必举行庙会，群巫狂呼疾走，表示“老爷上身”。当时相信五通的人很多，特别是商界、帮会中人，无不以五通神为冥冥之中的保护神，发财之后，企求更发，纷纷前来“还阴债”，故崇祀愈为炽烈。一九二六年，李根源过此，《吴郡西山访古记》卷二说：“今塔中所奉者，为汤文正毁其祠投其象于太湖水中之好太太也，每年八月十六、七、八三日，香火极盛，远近来者达十万人。吴俗迷信之怪，诚所不解。”一九二九年，吴县县长王纳善，效法前人，沉像石湖，虽香火断绝一时，但不久又故态复萌。一九四七年，高鹤年过此，《名山游访记》第五十三篇说：“山脉尽处，上有楞伽寺，殿宇二十馀间，供五神，皆称老爷殿，峰巅七级浮图，奉圣母像，据云灵感非常，香火极盛，每年中秋左右，各处来朝拜者，络绎不绝，游人亦多赶香会，肩摩踵接，摊篷延长达数里，湖中船只栉比，一时称盛。”此风至今依然。

值得一说的是，晚明时以顾野王五子为上方山五通，顾禄在《清嘉录》卷一中作了解释：“姑苏上方山香火尤甚，号为五圣。昆山家瑞公锡畴撰《黄门祠碑记》云：‘公墓在楞伽山侧，子五侯从祀于山之阳。’家行人公陈垿《无益之言》云：‘尝度仙霞岭，后经一岭，名五显岭。岭有五显庙，极整丽。黄门子孙世居光福，吴郡乃五侯父母之邦，而楞伽俗名上方，尤五侯正首之丘也。妖由人兴,遂淫昏相凭,奸愚互惑。'云云。"韦光黻《闻见阐幽录》甚至谴责汤斌等人的禁毁:"吴人祀五路神,旧谓之五圣,本顾野王休伦子也。野王子五人,皆以忠节死事,封侯。明初号五显灵顺庙,楞伽山香火尤盛,因黄门公墓在楞伽,故从祀于此。后世误五路为五圣,甚而为五通,僧以射利。汤文正公毁之于前,而裕谦抚吴,尽拆殿宇,未考其原,而不复其旧,殊为可惜。"

何以晚明时以顾野王五子为五通,一个重要原因,就是天启时发生了一起关于顾野王墓地的纠纷,此事顾炎武曾记之。顺治九年,顾炎武至上方山谒顾野王墓,《同族兄存愉拜黄门公墓》小序说:"卢襄《石湖志》曰,墓上有一巨石横卧,可二丈许,石上古松一枝似盖,湖上望见之,即知为野王坟。今树与石无恙。天启中有势家欲夺其地而葬,窾已穿矣,族兄存愉发愤,讼于官,得止。其势家所筑周垣及树木,皆归顾氏。"其实这次夺地之争,顾氏仍是小胜,顾震涛《吴门表隐》卷一说:"西北一隅,明中为势家所占,屡讼未复。"直至道光十年才由顾氏后裔捐资赎归。这次夺地之争,迫使顾氏后人提高警惕,采取防范措施,于是顾锡畴写了《黄门祠碑记》,以五通庙为祠,从祀顾野王五子,一是神圣不可侵犯,二是扩大顾氏家族的影响,以防止夺地事件的再次发生。至于顾野王五子为五通后,也成为淫邪之神,那是始未料及的。

明代苏州就有一句俗谚,“行春桥土地虚恭敬”,行春桥土地庙在桥西,即古广济院基。《石湖志》卷三说:“盖庙当要路,人往上方祭赛者,必经由于此,携壶挈榼,皆拱手作礼而过,其实无一物以献也,故谚云然。”

二〇一五年九月二十二日

后 记

这本小书，题名“怀土”，意思明白，毋庸赘言，所收篇什的内容，与三年前印的《采桑小集》差不多，也还是说点乡里往事。

如今乡土文化越来越受到关心，大半为了当地的旅游业，小半又往往与什么“文化工程”搭起界来，这当然没有什么不可以。然而普及乡土知识，似乎来得愈加重要，这可以让人更深入地了解家乡，更理性地热爱家乡。与此同时，那些胡天胡帝改历史、编故事、造古董的人和事，大家都能看清楚，拆穿他们的西洋镜。普及乡土知识，既可以借用前人的撰述，也更应该有新的读物，知堂在《十堂笔谈·风土志》里就说：“这一类书里所记的大都是一地方的古迹传说，物产风俗，其事既多新奇可喜，假如文章写得好一点，自然更引人入胜，而且因为说的是一地方的事，内容固易于有统一，更令读者感觉对于乡土之爱，这是读大部的地理书时所没有的。”前人的撰述需要有人去整理，新的读物也需要有人去写，两者都不容易做，而写则更有一点难度，知堂说：“专门弄史地的人不必说，我们不敢去劳驾，假如另外有人，对于中国人的过去与将来颇为关心，便想请他把史学的兴趣放到低的广的方面来，从读杂书的时候起离开了廊庙朝廷，多注意田野坊巷的事，渐与田夫野老相接触，从事于国民生活之史的研究，虽是寂寞的学问，却于中国有重大的意义。这种研究须有切实的训练，还是日后的话，我们现在只是说起头的预备，有如起讲写下且夫二字，不过表示其有此意思而已。”

知堂提出的乡土读物，也有一个参照体系，即读古人所得来的经验，那就是材料好、意思好、文章好，这自然让人长知识、通情理。如果是新作，当然更要有当下的观照，也就对社会的进步起点作用。我既是“怀土”小人，对家乡的事又特别想知道，故时常找读一些这方面的书，有时还自不量力，写一些这方面的文章。我清楚地知道，自己的想法肤浅，笔底绵薄，不能望前人项背，且鸡零狗碎，不成系统，但总还想稍作努力，多读一点，写好一点，当然事与愿违的事，仍在经常发生着，那就只好“遣兹淹留”了。

本书凡十八题，其中《沧浪亭杂记》一题六篇，《苏蔬摭谈》一题八篇，最早的写于零九年，最近的写于去年初秋，仍按过去编书的老套，依写的先后作顺序。这些文章本来就东零西落，集子的杂次，也是必然的事了。

二〇一六年四月二十六日

开·卷·书·坊（第一辑）

开卷闲话六编·（子聪）
我的歌台文坛·（宋词）
纸醉书迷·（张国功）
书林物语·（沈津）
条畅小集·（严晓星）
书虫日记二集·（彭国梁）
劫后书忆·（躲斋）
寻我旧梦·（鲲西）

开·卷·书·坊（第二辑）

开卷闲话七编·（子聪）
旧书的底蕴·（韦泱）
听雪集·（许宏泉）
楷柿楼杂稿·（扬之水）
笔记·（沈胜衣）
邃谷序评·（来新夏）
我来晴好·（范笑我）
难忘王府井·（姜德明）
读书抽茧录·（桑农）
旧书陈香·（徐雁）
书虫日记三集·（彭国梁）
书虫日记四集·（彭国梁）

开·卷·书·坊（第三辑）

一些书　一些人·（子张）
开卷闲话八编·（子聪）
书缘深深深几许·（毛乐耕）
西窗看花漫笔·（李文俊）
我之所思·（刘绪源）
自画像·（陈子善）
待漏轩文存·（吴奔星）
文人·（周立民）
左右左·（锺叔河）
温暖的书缘·（徐鲁）

开·卷·书·坊（第四辑）

开卷闲话九编·（子聪）
文坛逸话·（石湾）
渊研楼杂忆·（汤炳正）
转益多师·（陈尚君）
退密文存·（周退密）
回忆中的师友群像·（钱伯城）
旧日文事·（龚明德）

开·卷·书·坊（第五辑）

开卷闲话十编·（子聪）
怀土小集·（王稼句）
雨脚集·（止庵）
云影·（吴钧陶）
白与黄·（张叹凤）
拙斋书话·（高克勤）
北京往日抄·（谢其章）
文人影·（谭宗远）